atelier panique

antoine jobard

ISBN :
978-2-492352-15-7

DÉPÔT LÉGAL :
SEPTEMBRE 2023

Collection du Seum

Note laissée par le peintre sur sa table :
Dans sept jours, je me tue.

Le Premier Jour

Comment notre héros découvre un étrange portrait,
et les aventures qui entourent cet événement digne d'intérêt

On se repose ici, même s'il n'y a plus de silence. Tout est bien et le soleil lui ventouse le visage. La révolte ne sera pas pour tout de suite – elle gonfle comme un masque et ne crèvera qu'une fois le plafond atteint. Le monde n'est pas encore assez étroit même si le parc est plein. L'été l'a farci. Le ciel écrase légèrement la cime des arbres et la quiétude des quidams. Il y a foule. Il ne sait pas combien de temps il a dormi. Pas assez. Il essuie de la manche un peu de bave contre sa joue. Besoin d'étirer ses membres. Un ou deux craquements entre les articulations, ça soulage. Il a bâillé si largement que des larmes lui sont montées aux yeux – son corps a tremblé. Il est grand, ses dents sont légèrement tordues, vingt ans max, et une inquiétude habite ce réveil : Comment en est-il arrivé là ? Combien de temps a-t-il dormi dans ce coin de parc ? Il enterre les vagues souvenirs d'une course-poursuite nocturne en s'installant bras sous tête et jambes croisées. C'est une nouvelle journée qui s'ouvre à lui, charriant probablement tout un nouveau lot de problèmes, alors autant l'accueillir confortablement. Sa casquette est posée juste à côté d'une bouteille vide. Il la glisse sur son front de façon à ce que ses yeux restent à l'ombre et puissent observer tranquillement les alentours. Bonne surprise de l'avoir encore avec lui, cette casquette. Un genre tout simple et noir.

D'habitude, il la perd, alors il est obligé de retourner au magasin pour en choper une nouvelle. La même.

Il a bien choisi son coin : un monticule au milieu du parc dont le flanc se compose d'herbe parsemée d'inconnu*es*. Le confort dominical y prend forme pour se raconter la gueule de bois de la veille, la semaine de travail et les congés à venir. Autrefois, on y disloquait sans y penser – tout cet espace verdâtre abritait les grands abattoirs de la ville. Chairs rouges d'animaux fraîchement assommés. Agneaux, bœufs, veaux, volailles, porcs pendus ou gigotant du bout de leurs nerfs. Parfums de bêtes à poils ou plumes. L'argot des forts des halles se psalmodiait tandis qu'ils transportaient des carcasses entières sur leurs dos blancs. Les couteaux aiguisés et les ultimes râles avaient quelque chose du discret qui glisse au cœur de la cohue. Bouquets de boyaux, jarrets, gigots, têtes aux yeux vides, et maintenant : la foule des jours ensoleillés. Une situation tout à fait normale.

Son ventre gargouille ; son ventre est vide. Impossible de saisir pourquoi il n'est pas parvenu à rentrer chez lui, la nuit dernière. Il devait faire trop chaud. Il a dû prendre un truc. Il a gobé un bail. En para ou en pilule ? Il fait si beau. Difficile d'imaginer que l'on puisse rester chez soi par un temps pareil. Le besoin de sortir ballotte dans l'atmosphère. Toutes les fenêtres sont ouvertes et le linge sèche, se laissant caresser par la brise. On attend que les pinces lâchent et libèrent leurs proies mais rien ne se passe et les dessous dodelinent.

Tout s'ébranle, des chiens se courent après, des écureuils esquivent, ça gambade et bondit, on joue. Tout bouge. C'est une mer dans laquelle les oreilles se recouvrent d'écume verbale, où bouillonne la peau sous canicule, où plonge l'œil, il a un peu de mal à tout suivre – il est légèrement myope et sa tendance à plisser des yeux n'arrange pas les choses. Ça les noircit en croyant les polir. Les cils lui font de l'ombre. Le flou est léger et lui emmêle les couleurs. Son sommeil a dû être lourd.

Deux agents de police passent et son corps s'en détourne machinalement. Il leur tourne le dos et dissimule son visage contre l'herbe, sans bien comprendre pourquoi obéir à un tel réflexe. Il sent un besoin d'obscurité et ne parvient pas à le justifier. S'éveiller en fin de matinée n'est pas si grave, les dimanches, surtout quand on a trop bu. On en connaît tous qui se lèveront bien plus tard. La plupart se lèveront dans leur lit. Dans un lit. Même ceux en bord de. Même dans les hôpitaux ou les bas-côtés. Ils auront l'avantage de vite reconnaître où ils se trouvent. Mais là dehors, il n'y a plus rien que les nuées en masse. Les trottoirs trépignent. Ça l'endort. Ça martèle le sol et les bitumes expirent leurs vaguelettes chaudes. Tout appelle à la sueur des fronts et des aisselles. Tout est un moite manié par l'aride. Des nuages au loin annoncent peut-être une pluie orageuse et brève, ces déluges d'été qui s'abattent un instant. Tout est là, en attente, en repos, mais il n'y a plus rien d'immobile. Ballons, balles, boules, bulles chromatiques. Brouhaha de piaillements d'oiseaux mêlé aux conversations. Le vent tente de participer au grand dialogue avec ses bruissements de branches. Une respiration générale donne le souffle et la mesure. Tout est bien, le soleil lui ventouse le visage. Les flics se sont cassés.

Dans son dos, il aperçoit une gosse grimpée dans un chêne – elle en secoue les bras pour faire tomber les feuilles. Quelques-unes se détachent sans jamais pouvoir atteindre le sol. Elles vacillent, pendillent dans l'air. On distingue mal. Sa mère hurle, son petit frère rit puis pleure. Il doit avoir deux ans, pas plus. Un couple s'embrasse, main glissée sous un t-shirt. Les joues rougissent, les fronts s'échauffent, ils s'allongent et embrassent leurs rires. Ils ont dû sentir des regards se poser sur eux. Plus tard ils seront sur un lit et s'endormiront doucement et demain ça sera pareil, pour d'autres. Rien que des ellipses. Juste en bas, des canettes s'ouvrent au bord de l'étang. Le bruit de la pression libérée suivie de son écume sifflante lui donne soif mais sa bouteille est vide. Il aime ces sons qui excitent la soif. Si un début de migraine ne le retenait pas, il pourrait se précipiter vers le premier vendeur ambulant. D'autres nourrissent les canards et poissons en lancers précis de miettes. Ça flotte un instant et un cou pêche avant que ça ne disparaisse. Il voudrait que ça puisse être n'importe quoi d'autre, peut-être même des cailloux. Que du gravier gobé glisse le long de leurs œsophages rêches. La chaleur d'une fin de matinée encourage au plaisir de s'assommer. Une odeur de poulet frit où se reflète la chaleur. Quelque chose qui dégouline dans les narines. Tout est bien et le soleil lui ventouse le visage. Sa fatigue est lourde. Assez lourde pour lui prendre le corps, le poser sur cette herbe, empêcher tout retour en mémoire. Il ne sait pas si ce vague souvenir de course-poursuite lui vient de la nuit, d'un trip ou d'un rêve. Un peu de terre sur son jean. De verdure sur les rotules. Il a dû dormir et se retourner dans son sommeil.

Il se demande si sa casquette n'est pas plus abîmée qu'hier. Il n'a sûrement pas l'habitude d'un si grand lit.

Scindé en deux, le ciel hésite, les nuages digèrent. Combien de temps avant la pluie ? Avant que le linge ne soit sec ? Pas le temps de le rentrer. Flemme. On se détourne. Profiter avant de se rouler dans cette vague noire qui encadre l'éclaircie. Bientôt la pluie.

Je me prends tout l'espace de la ville au réveil. Immense ville qui me bouffe le regard. J'aime ce parc, un ancien abattoir, une belle vue. Je reconnais une tour au loin et me projette sur l'horizon de toits. Je sais exactement où je suis. C'est la façon dont je suis arrivé là qui m'échappe. Je capte pas comment... J'ai dû m'endormir à l'aube... Des nuages noirs planent et semblent glisser dans ma direction. Des enfants courent en suivant les bourrasques de vent. Un chien me frôle, sa langue pend au bout d'une femme tournée vers moi. Ses yeux dans ma direction ? Elle me trouve beau ou bien ? Elle regarde son portable et accélère doucement. Derrière moi une horloge publique. Elle a dû y lire l'heure, la confirmer. Elle ne m'a pas vu. Elle s'éloigne. Décidément, trop de monde. Sûr que tout le monde pense Trop de monde. C'est dimanche et tout est bondé comme pas possible. Le mouvement m'aurait donc entraîné. Pris dans un courant qui m'a dépassé. J'ai pas eu le choix. J'ai fui quelqu'un... J'ai fait quelque chose avant la fuite. C'était pas organisé. C'était pas bien organisé. C'était pas comme ça que ça aurait dû se passer. Une nuit bien schlag... J'ai couru hier, c'est clair, mes jambes sont lourdes. Des courbatures bordel de merde. Tout s'élance vers un point plus ou moins précis. Des joggeurs s'entretiennent la santé et un clochard avance d'une poubelle à l'autre en marquant des temps de pause pour reprendre son souffle et tripoter les détritus. Tous ont leur itinéraire. On suit une trajectoire qui ne doit plus connaître d'essoufflement. La trajectoire est fixe. La situation est normale. Pas de rues pour bâiller en ma compagnie. Personne ne bâille et m'accompagne. La situation est si normale que ça me dégoûte et m'épuise. Plus de silence. Jamais de silence. Une bagarre quelque part, à l'instant. Je distingue des échos de cris et de poings. Les voitures roulent au loin. Ça klaxonne après quelques piétons. Moi-même je ne traverse jamais quand le bonhomme est vert. On m'engueule souvent mais j'y peux rien. Une troupe d'enfants se précipite dans les chemins du parc. Déferlement de voix criardes et de sifflets. Tout m'efface un instant, à nouveau. Je ferme les yeux et me mets à l'écoute du moindre son. Reste ma fatigue. Un groupe de vieux passe en riant au-dessus de leurs cannes, béquilles, déambulateurs – grincements pratiques. Je me suis assoupi. Si je m'arrête de penser, des mouvements me reviendront et je saurai ce que je fous ici. Je suis peut-être le seul à être aussi fatigué.

Une rumeur qui rampe, en direction des routes – des marées d'engins comme autant de vagues et d'écrasements. Des sirènes l'inquiètent, dirigées vers lui. Contre lui. Sa paranoïa est toujours plus claire au réveil. Elle semble se brouiller légèrement pendant la journée, mais elle est toujours plus acérée au réveil. Il en est conscient, mais c'est pas parce qu'on est paranoïaque que personne ne vous veut du mal. Mieux vaut rester lucide. La circulation poursuit son cycle et tourne tout autour sans trouver de destination. Parfois un créneau où les pare-chocs jouent des coudes, une toux malade dans un pot d'échappement, un crachat surgi d'une vitre baissée. La ville s'étend. Elle avance et se déborde, se bascule d'une rue à l'autre. De plus en plus de gens gardent leurs masques pour ne plus avoir à partager leurs haleines. Paraît que ça ne sert pas à grand-chose à l'extérieur, même face aux caméras à reconnaissance faciale. Au moins, l'odeur doit être moins forte.

Le sommeil l'a à nouveau pris sans qu'il ne s'en rende compte. Des relents acides lui rappellent un trop d'alcool. De défonce peut-être. Ses tempes vibrent. La bouteille vide lui appartient, il en reconnaît le goulot, mais il ne se souvient de rien. Qu'est-ce qu'il a bien pu faire hier soir ? Il était avec le groupe. Son groupe ? Ils étaient organisés. Ils pensaient être bien organisés, mais ça reste des gamins. C'est jamais tout à fait bien organisé et ça mise beaucoup sur le coup de chance. On l'a traqué jusqu'ici, c'est certain. Des ombres menaçantes, comme au cinéma. Il n'a pas tant dormi. La course. Il a forcément marché jusqu'ici. Peut-être rampé. Jusqu'au petit matin. Son jean taché de vert lui souffle des indices. Avant, on ne rampait que quand on était seuls, et maintenant, c'est au milieu de tous, sans éveiller le moindre soupçon. Le parc est plein mais un cercle s'est formé autour de lui. On l'évite. Il sent mauvais. On pense qu'il doit probablement sentir mauvais. On lui laisse de la place alors qu'il en manque pour les nouveaux arrivants qui veulent pique-niquer dominicalement. Son corps pourrait s'étaler en une flaque d'une dizaine de corps. Il est dix corps allongés. Une bande d'ados le dévisage. Il imagine inspirer la méfiance et puis ça doit seulement être parce que lui-même les fixe. Son regard myope insiste parfois sans qu'il ne comprenne bien comment. Ce réveil n'est qu'un sursaut. Il entend une multitude de langues étrangères. Tout langage devient langue étrangère quand il y a fatigue. Trop de monde. Et ça le reprend, il s'écorche l'intérieur des lèvres. De la nervosité, c'est tout. Quand a-t-il commencé à en prendre l'habitude ? Enfant, il se mangeait la peau, à l'intérieur des lèvres. Il la déchirait lentement jusqu'à ce qu'il saigne, alors il suçait le liquide ferrugineux et le crachait par terre. Ça faisait un jet lourd et majestueux. Rouge. Magnifique sur le sol. Comme après un crochet parfaitement planté dans la mâchoire. Comme au cinéma.

C'est une plage, ça berce. On peut sentir d'ici le ressac et les cris de mouettes. Le vent apporte des odeurs de port, de poissons exposés ou en attente d'être évidés. Ça se renifle dans un arôme de mer salée. L'océan macère. Ses yeux se ferment pour se mettre au service de ses mains. Ses doigts s'enfoncent dans la terre comme dans un sable humide. Ça se glisse sous ses ongles. Il arrache l'herbe par touffes, mécaniquement. Ses yeux se ferment pour laisser ciseler ses narines. Les parfums du parc les éclairent. Et puis le demi-sommeil qui encore l'éveille. Le soleil lui clôture les yeux et ils ne perçoivent plus que le magma rougeâtre dessous les paupières.

La mer est beaucoup trop loin d'ici, c'est ridicule. Faudrait partir, quitter la ville et me faire discret, ailleurs. La situation est normale, tout est en flamme. Tout fonctionne normalement. Se mettre au vert pendant une petite semaine. Un mois, ça serait idéal. Sans ordi ni rien. Avec une voiture, on pourrait y être avant ce soir. Partir. Voilà la meilleure idée du monde. Toujours la

même. Quitter ce que l'on est, là où l'on s'est trop avachi, littéralement, avec l'illusion que ça ne recommencera pas ailleurs. Mais je supporte pas être seul. Je peux pas partir seul. Faudrait au moins être deux, histoire de comprendre un peu mieux pourquoi il faut quitter la foule. Alors avec qui ? avec quel pote ? avec elle, Max ? Elle doit savoir ce qu'il s'est passé hier soir. Elle connaît les bails. Elle connaît le groupe. Je pourrai l'appeler, là tout de suite, mais j'ai pas mon portable. Je l'ai pas perdu. J'ai pas pris mon portable. Je sais comment faire attention quand il le faut. On n'est jamais trop prudent et c'est pas parce qu'on est paranoïaque que personne ne nous a mis sur écoute. Je prends plus le risque du portable en manif depuis longtemps. C'est simple, c'est au boulot que je l'utilise le plus souvent. Aux chiottes et au bureau du boulot... Faudra retourner travailler demain. Bureau de merde. Lundi de merde.
Je retrouverai Max, peut-être, plus tard, après le travail. Je la connais encore peu, mais on se retrouve souvent déjà, après une journée de taf ou en manif. Je sens le soleil me réchauffer le visage. Sa chaleur pour moi seul. Une ventouse. Besoin d'aucun geste. Du rouge et du bleu de gyrophares pianotent sous mes paupières. Éblouissement en sirènes – leur musique binaire a toujours été suspecte. Le calme absolu n'existe définitivement pas.

Les autres voulaient aller aux puces cette après-midi. Pourquoi n'irait-il pas ? Plus d'argent et la migraine qui s'éveille. Il espère avoir laissé quelques billets dans la chambre... Il espère ne pas avoir de mauvaise surprise en rentrant. Des flics ou des sales types qui l'attendraient et toujours rien qui ne lui revient en mémoire.

Mais pas le choix, il faut rentrer. Récupérer le portable laissé avant de sortir. Checker ses mails, vérifier ses comptes courants. Les sous dégringolent et n'existent plus tellement. Surtout quand ils viennent à manquer – deviennent légers. S'attendre à ce que le proprio lui tombe dessus, encore. C'est son premier appart, son premier proprio. Un vieux qui pue, qui pique. Malaisant au possible quand il l'a rencontré avec sa mère, inquiète de voir son fils partir vers un peu d'indépendance, toujours trop polie. Il avait insisté pour les embrasser, et un relent l'avait pris en sentant son épiderme transpercé d'un de ces poils drus qui lui poussent sur la poire de manière éparse à travers un masque chirurgical à 4 centimes. Il arbore toujours sous le nez ou en collier de barbe le même masque bleu effiloché, taché de sueur au niveau du menton. C'est jaunâtre et brillant. On dirait une grenouille de bénitier en pleine prière. Les commissures qui tombent, repues d'amour et de fierté en parlant de l'importance d'être ponctuel pour le loyer et de l'importance de la ponctualité dans son mode de vie sobre et heureux et propriétaire. Il pourrait passer par une agence ? Trop cher. Il pourrait se contenter d'envoyer des mails ? Pas assez fiable, et il aime le contact. C'est plus humain. Son costume est usé par les courses d'un locataire à l'autre. Il raconte qu'il s'en achètera un neuf une fois tous les loyers récoltés mais que les éternels retardataires l'obligent à repousser cet achat salvateur. Voilà des années. On ne l'a jamais vu ne pas sourire discrètement lorsqu'il se plaint. Il n'y a pas de petits plaisirs. Il faut donc se préparer à le croiser dans l'immeuble, sur sa chaise pliante installée au rez-de-chaussée ou dans l'ascenseur. Faudra être prêt, le cas échéant. Chercher le chéquier dans une des poches de son sac. Faire mine de le chercher en tout cas. Où est-ce qu'il a rangé son putain de chéquier ?

Dans son sac à dos : une bombe de peinture noire, une paire de gants et de chaussettes, un k-way, des lunettes de piscine, du sérum phy, des bouchons de bouteilles de vin, un briquet tempête, des capsules de bières, des tickets de caisse, un sombre bouquin gauchiste, une trousse avec son tournevis multifonction, ses clés, une clé USB, un couteau... Une clé USB et un couteau qu'il n'avait pas la veille, c'est certain. Un vieux schlass un peu rouillé, de grande taille. À qui est ce couteau ? La main se charge soudain de panique, et sans pousser plus loin l'examen, le dissimule dans une poche intérieure du sac. Il se lève difficilement et s'étire encore, comme si de rien n'était. Il boite légèrement. Sa cheville a cédé sous son poids dès qu'il s'est redressé. Comment s'est-il blessé ? Elle a dû se tordre alors qu'il courait dans la nuit. Ce n'est rien, pas grave. Mais qui fuyait-il ? Où ? Il n'y pense pas plus loin. Ne pas céder aux énigmes quand on sait qu'il n'y a rien d'organisé pour pouvoir les résoudre. Ça passera s'il met la bonne crème, sa petite chevillère et une bande de maintien, mais des questions submergent tandis qu'il prend un chemin glissant. Ça l'énerve. Il bâille encore. Il y a des gens qui ont une maladie comme ça et qui bâillent depuis des années. C'est aussi la seule activité des nouveaux nés anencéphales, nés sans cervelle. Ils n'ont pas de crâne et sont incapables de penser alors ils bâillent quelques heures et meurent. La terre se colle sous ses semelles et le fait déraper doucement. C'est pas possible, c'est quoi ce début de journée de merde ? Il s'accroche à un arbre, un second. Il dérive et patine, surveillant ce sol qui n'en finit pas d'éclabousser. Des badauds le doublent et le croisent. Font gaffe à rien ni personne ces cons. On n'avait pas remarqué ce groupe de taï-chi au sommet de la colline. Leurs gestes s'efforcent de s'envelopper d'un souffle sans vitesse. On ne peut pas s'empêcher de les voir sans sourire. La foule est tendue vers un certain repos. Tous voudraient atteindre cette torpeur aux couleurs grasses et veloutées, à l'aspect trouble de ces nuages lointains qui n'approchent pas. Tous profitent pleinement du calme d'un dimanche comme les autres, tandis que les catastrophes en tout genre s'accumulent autour. Tout est normal.

Son corps est emporté vers la sortie du parc. Il ne le dirige pas et titube presque. Ça l'agace. Une joggeuse le bouscule alors qu'il atteint le grand portail. Un smartphone a failli s'écraser par terre mais est resté suspendu à des écouteurs en se balançant dangereusement. La sportive fait un signe d'excuse de la main et s'éloigne pour ne pas perdre la cadence. La casquette a roulé à quelques mètres. Elle avait des airs de startupeuse de merde avec ses vêtements techniques colorés. Ou pire, une agent de la DGSI ? Putain de merde c'est pas possible... Vérifier ses poches vides, se baisser, se masser la cheville, grimacer, se calmer, sortir de là. La bouche de métro sur le trottoir d'en face. En traversant au passage clouté, une voiture électrique manque de le renverser. Il ne l'a pas entendue arriver et le bonhomme était encore rouge. Mains sur le capot, joues à quelques centimètres du pare-brise et du type qui gueule et klaxonne, hystérique – soudain, le bruit est ridicule. Le klaxon dégage une note molle, répétitive. Ses mains sont sales, enduites d'une crasse grasse. Le métro l'avale, la gueule ouverte. Il s'y précipite à cloche-pied.

* * *

Texto reçu dans la nuit : « *t où ? Reviens !* »

Il est loin. Il est ailleurs et pense ailleurs. Le confort apparaît lorsque l'imagination se rétracte. Lorsqu'elle ne projette plus rien hors de soi, vers ce qui est autre. L'inconfort apparaît lorsque l'imagination s'active. Et c'est tant mieux. Il est loin. Il est ailleurs, étranger. Il pense pouvoir se reposer au milieu d'un espace qui devient de plus en plus inhabitable et dans lequel on se fond, mais sa fatigue se creuse. Une ombre qui s'est glissée jusqu'en-dedans. Sur son balcon maintenant. Pas plus grand qu'une ancienne cabine téléphonique. Dixième étage. Personne ne l'attendait lorsqu'il est arrivé en bas de l'immeuble et il est soulagé d'avoir eu la voie libre. Il est enfin posé chez lui. C'est pas le quartier, c'est pas chez sa mère, c'est nouveau et il s'y sent affranchi d'un tas d'obligations. Il s'appuie sur la rambarde et croise les jambes. Les vis-à-vis sont nombreux. Peut-être une centaine. Il se roule une cigarette, lentement. Il ne lui reste plus que des miettes. Ce tabac est vraiment mauvais mais c'est le moins cher. Faut faire attention avec le vent qui souffle là-haut – un courant d'air et ses confettis bruns s'envolent. Il prend un filtre, une feuille, et les glisse entre ses doigts. Le tabac tombe dessus. Et sa langue. Tout peut foirer maintenant, suffirait qu'il l'incline un peu vers le bas... de la gravité et du vent. Il se répète en lui-même De la gravité et du vent. Le briquet tempête dans sa poche. Il clique, allume. La première bouffée. Une seule lui suffit d'ailleurs et entre le pouce et l'index, il claque la clope. Elle décolle et il observe la courbe de sa chute en se penchant vers le vide. Il voudrait qu'un réalisateur le suive et filme ce geste. Un bon réalisateur de films français, parfaitement expé et léché. Elle virevolte, quitte bientôt son champ de vision. Il pense vaguement au texto reçu pendant la nuit et qu'il n'a lu qu'en rentrant chez lui. T'étais où merde ? Sa nuit reste vide. Il sait seulement qu'il est parvenu à rentrer chez lui. Ça le rassure. Il est enfin au calme, sur son balcon, face à un hôtel de moyenne gamme. Une salle de conférence tout en haut, bien en vue. Seize étages. Il les compte quand il en a le temps. Des réunions parfois. Ça discute dur et les tableaux blancs se vident et se remplissent. Malgré tous ses efforts, il n'a jamais rien pu y lire. Il aurait aimé avoir une bonne paire de jumelles mais il n'a jamais osé s'en procurer une : et s'il croisait le regard de quelqu'un qui le fixerait avec une paire de jumelles identiques ? Aussi, il n'a jamais rien vu de particulièrement excitant. Il n'a jamais vu beaucoup de nus au niveau des chambres. Une épaule, une fois, c'est vrai. Les stores qui s'ouvrent et se ferment sur des scènes vides et des lits défaits – les spectacles commencent et se terminent à rebours d'un théâtre classique. Rideaux. Il ne sait pas bien pourquoi mais il se dit qu'on lui dissimule quelque chose. Parce que si des stores se ferment, c'est qu'on l'a repéré. On a vu qu'il épiait. Les femmes de ménage connaissent son manège, c'est sûr. Sa mère a longtemps fait le même boulot. Elles voient tout. Elles savent tout et ne disent rien. Elles sont là en début d'après-midi, alors que la cafétéria est pleine. Une grande verrière se tient au dessus des tables. C'est pas du grand hôtel, les clients ont des plateaux de cantine et font la queue. On doit probablement pouvoir lire son âge sous les verres. Certains tentent la terrasse. Les nuages se tiennent toujours au-delà du périph. Sa chambre est pile entre Sainte-Anne et la Santé. Juste derrière, l'hôpital psychiatrique et en face, la prison. La seule qui reste en cœur de ville. Ça doit être le luxe. Toutes les autres sont planquées en banlieue ou dans la cambrousse. On n'y voit pas grand-chose non plus, malgré la hauteur. Des arbres et des médicaments côté sud ; des murs et des matons côté nord. Pas le choix. Drôle de balcon. On entend crier de temps à autres. Faudrait vraiment se casser d'ici. Au moins quelques jours histoire d'y voir plus clair. Faudrait en parler aux autres. Mais impossible de répondre au texto reçu, ça pue le piège, c'est évident.

Des insultes là-bas, encore. Ils insultent leurs mères d'une cellule à l'autre. C'est drôle que ça me fasse sourire. Ça doit être nerveux. Mais qu'est-ce que j'ai bien pu foutre hier pour me sentir coupable ? Pas coupable, non, mais pas légal non plus. Enfin, légitime mais risqué. Le texto et quelques appels en absence, rien d'évident. Un poids vide m'occupe la pensée chaque fois que je la tire vers hier soir – la nuit m'ignore. J'ai pas encore testé la clé USB. Doit y avoir un virus dessus ou je sais pas quoi. Mieux vaut pas la brancher sur l'ordi. Faudra voir avec le groupe. Ce qu'ils en pensent. Mieux vaut décider collectivement et ne pas m'isoler. Surtout pas en ce moment. J'espère que je n'ai pas merdé et qu'on ne va pas me chambrer ou m'ignorer. Faut que je reste dans les bails. J'ai bien caché le couteau en rentrant. Une bonne chose de faite. Je peux l'oublier maintenant. J'observe et j'écoute. Je ne suis plus rien quand j'observe et écoute. Pas bien différent de prendre un bain, la tête sous l'eau. Une télévision vrombit chez un voisin. Débat d'idées ou mondain ou potins. Il n'y a pas vraiment de nuances. Ça rit beaucoup – rire en masse. Peut-être parleront-ils bientôt d'un énième sabotage ou d'une énième manif sauvage ? On attend bêtement l'acte spontané qui viendra mettre le feu aux poudres. On cherche à organiser la spontanéité. Sortir du vide ambiant. Certains attendent le scandale d'une énième bavure mal dissimulée ; d'autres envisagent clairement de passer à l'assassinat politique façon anarchiste du XIXe. Tuer ou se laisser tuer... Mais je ne suis pas aussi morbide. Faudrait pas le dire trop fort, mais mes pulsions révolutionnaires ne se tiennent entre elles que pour me sortir d'un nihilisme des plus communs. Quelle déprime... Heureusement les faits divers sont là en masse, divertissent et s'étouffent entre eux : les chiens écrasés sont-ils le signe d'une hausse de l'irresponsabilité des automobilistes ou d'une nouvelle vague de suicides canins ? Une conclusion s'impose : la violence est en hausse, il faut sécuriser. Une plante serait pas de trop dans ce coin de table, ou sur l'étagère. Une qui tomberait, doucement. Y'a des promos chez Lidl. J'aurais la place et j'ai envie d'arroser quelque chose. Ma main a glissé dans le caleçon. La ceinture est débouclée. Tumulte d'images – je les bouscule. Muscles... jupe... jambes... le décolleté de la vendeuse... qui rebondit un peu, et son cul quand elle s'est retournée. Bonjour Madame, ne fermez pas encore boutique, je voudrais quelque chose... mais nous sommes seuls et vous déchirez ma chemise ! Un bruit sourd. Je change trop souvent les baffles de mon ordinateur. Flemme de réparer. Grésillements, les ondes sont perturbées par un sms envoyé. S'écrouler sur le lit et attendre de voir si c'est moi ou le voisin qui va recevoir un texto.

T où ?

La méfiance s'installe et remplace l'amnésie. Il observe ses mains et les interroge, cherche à savoir ce qu'elles ont pu trafiquer hier soir... Aucune trace de peinture et la bombe dans son sac est encore quasiment pleine. Le soupçon s'incruste dans ses mains et leur complice présumé, le couteau. Faudra éviter les flics. Ça c'est sûr. Il a détruit quelque chose ? Ils ont pété ou cramé quelque chose, mais quoi ? Un sabotage, encore ? Le mot accélère son rythme cardiaque et accepte l'inquiétude. Sabotage... Perte de poids. Perte de distance. Il a plongé dans son lit et son crâne s'épaissit contre l'oreiller. Un certain métal, lourd et mou peut-être, contre lequel les mots se balancent. Pas de liaison. Une pression qui vibre. Le visage est soudain grave. Il cherche le rêve, même bref. Il pourrait faire nuit. Il se ferme. Sans doute éclater de rire ou d'autre chose. Et puis le calme.

* * *

Il y a toujours quelque chose qui lui roule dans les jambes quand il est dans le métro. Une canette de bière vide, souvent. Il a mis du temps avant de trouver une place assise. Sa cheville le lance. Il aide un type à ouvrir une fenêtre. C'est vrai que la chaleur est insupportable, l'odeur en témoigne bien assez. Tout devient insupportable lorsque les corps sont collés les uns contre les autres sans l'idée même de désir. Il lui faut deux minutes avant de pouvoir dégager son bras et trouver son portable au fond de la poche.

Il aurait bien fait une sieste plus longue, mais les autres l'ont tiré de son sommeil à force d'appels pires qu'un réveille-matin. Des masques tout autour : nez sous yeux et bouches sur mentons. Chevelures qui s'égarent et se dégarnissent. Merveilles de biologies dans l'organisme vivant d'un visage. Tics et frigidités. Regards, jugements et yeux vides, nuageux, emplis d'un morne en mouvement. Discussions de groupe et marivaudages téléphoniques. Une vieille a assis ses yeux paisibles et amusés à côté de lui. On plonge dans ses rides. Il aimerait y mettre son index et les suivre. Le métro bascule, joue avec les équilibres en creusant sa trajectoire d'une galerie à l'autre. Soudain, le voilà hors de terre. On est aériens et les pigeons n'ont qu'à bien se tenir. Il se sent enfant dans ce toboggan à rebours, bondé, à valeur utilitaire. La ville se tient en-dessous, et le décor prend le pas sur le paysage. Le métro file droit entre toits et trottoirs, secoue ses flancs et se les gratte dans les virages. Chaque arrêt comporte son lot d'échanges. Certains passagers sont décapés à contre-courant et reçoivent coups d'épaules et d'injures. Parmi les plus habiles, une paire d'accordéons et de violons tintant leurs centimes tentent d'engager un bal de charité. Ils reçoivent dans leurs pots à café vides les petites méfiances ou ce qui reste de la monnaie d'après baguette. On regarde plus souvent sa gêne à justifier que les raisons de la main tendue.

Et puis le métro s'enfonce à nouveau sous terre. Plus rien à voir que du visage masqué.

* * *

Ce trottoir ne mène à rien. Je m'en doutais depuis longtemps. Quelques mètres de plus à boiter "cahin-caha la pauvre vie." C'était avant qu'il fallait tourner. On ne m'a pas écouté, comme d'habitude. Tant pis. On perdra juste un peu de temps. Pas trop. Je sais jamais où on va. Où ça mène, tout ça. On me l'a dit, plusieurs fois. Mais j'ai traîné ma cheville et remué la tête sans vraiment comprendre... Ça va et ça vient. Cette cheville m'emmerde. Les indications m'emmerdent.

Le marché prend forme. On ne sait pas par où commencer, par quelle galerie pénétrer. Cigarettes pas chères au goût de paille. Il se dit Faudrait que j'essaie un jour, mais sa gorge se lance et son asthme s'éveille, il a le souffle court. Faut pas trop le pousser. Plus tard, s'il fait bien attention, il pourra retrouver des poumons normaux même s'il ne saura pas quoi en faire. Le sport le fatigue et il n'a pas de graisse ni de bide à brûler, juste assez de muscles, de quoi soutenir deux ou trois trucs, rien d'impressionnant. Qu'est-ce qu'il irait foutre à la salle ? Il est plus grand que la moyenne et c'est la seule raison pour laquelle il parvient à marcher plus vite que la moyenne. Ça l'a toujours fait ricaner de voir des types costauds parler muscu. Il n'a jamais trop compris. Il ricane parce qu'il a le souffle court. Quand il était plus jeune, c'était plus grave, et il ne pouvait pas vraiment rire. Pas trop. Alors depuis, il ricane. On dit que ça lui donne un drôle d'air. Ça lui plaît quand on lui dit qu'il a un air étrange, comme s'il pensait à quelque chose qui se refuse aux autres. Les complots, c'est son truc. On pense qu'il prend de la distance, ça impose le respect, alors qu'il a simplement le souffle court. Ceintures pas chères. Djellaba adidas. Portefeuilles de marque. Du vrai faux, t'inquiète, j'te le fais avec 20 %. 30 %. 50 ! Une gamine le frôle et il vérifie que le sien est toujours à sa place, on ne sait jamais, j'ai déjà vu le film. Masques de bois africains, pouvoirs magiques, pour protéger la maison ou se débarrasser de l'ennemi. Certains mâchent les esprits. Il en a déjà eu un dans sa chambre. Un souvenir familial. Un grand-oncle qui avait ramené ça en métropole ? Il n'a jamais vraiment su, on ne lui a jamais rien dit, on n'a jamais rien demandé, alors ils ont gardé le masque, avec ses cornes et un sourire aigu qui le réveillait parfois. Pulls, gilets, jeans, t-shirts à slogans. On se charge de messages, de propagandes, de publicités – les yeux digèrent. Ça fait joli avec des paillettes mais faut faire attention au lavage et bien repasser à l'envers. Ne pas brûler les paillettes. Ceintures de marques. Gestes rapides. Malborro Malborro. La main s'avance à la sauvette. Téléphones. On s'approche. Rap subversif enregistré dans une cuisine d'HLM. Esquisses de danses et de paroles avalées. La foule se fait plus dense. On distribue des flyers s'envolant vers des espaces numériques. Tu peux acheter ici ou en ligne, s'tu veux réfléchir, frère – moi c'est pareil. On s'arrache tout des mains, on aguiche, on attire, on invite avec le sourire. Pas de comptoir ici, que des mains tendues. La concurrence se défie, parfois acide. La rue est étroite. Les stands écument les trottoirs et grignotent la route. Les décibels mordent et s'entrechoquent au-dessus des passant*es* qui s'évitent en balançant les torses. On se bouscule. Les yeux sont partout, alertes. Un refourgueur de chaussures demande C'est quoi ton calibre, on a toutes les tailles. La rumeur est rude. Un arsenal de protéines assure : suffit de suivre le régime, vidéos à l'appui façon Schwarzy. Devant les tapis de prière, on pose avec un chien sans muselière, on poste et on tague, mouvement immédiat et machinal. On n'y pense pas vraiment mais on attendra les approbations amicales, le plus possible. Dopamine pour tous. Ça doit rendre plus présent au monde. La rue est une longue tente fiévreuse. Des fumées d'encens et de joints. On se retourne et on ne sait d'où ça vient. Rencontre d'un pote qui bosse chez un oncle grossiste les week-ends. Check et main au cœur. On te voit plus au quartier, ta daronne s'inquiète ! Les poumons légèrement oppressés émettent un ricanement en lui tapant dans la paume. L'autre l'imite et propose des réducs. Tu t'es encore pété la cheville ? Tout va tranquille ? Pas de thunes en ce moment, toi-même tu sais. Des frites et des sandwichs fument. Stands d'épiciers où les fruits, les légumes, les œufs et les coques de portables s'emmêlent. La rue est un long et bas chapiteau où l'on accumule camelotes. Tout se marchande. Et ça s'écoule et ça se gonfle. Et ça respire et ça halète. Si t'as pas ça maintenant, dans un mois ça sera trop tard. Plus on s'y enfonce et plus les vendeurs vieillissent. Le commerce de l'imminent se change lentement en boutiques d'antiquaires. Les boyaux s'affinent. D'abord c'est bric-à-brac, tout et rien, le genre d'objets oubliés derrière un camion ou quelques déménagements pressés. Toc pour les uns, trésor pour les autres. Vieilles recharges de portables et portables sans batteries. Boutons de manchettes uniques. Médailles, broches et pin's perdus dans d'anciennes boîtes à biscuits. Rouilles de couteaux suisses. Mites fourrées sous fourrures. Couverts en argent inoxydable. Les cadres vides et les bouteilles vides et les journaux d'époque d'emballement et leurs caisses et le tabouret sur lequel ça repose – tout est à vendre. De ce côté-ci, à l'intérieur, ça a l'air plus chic. Il y aurait même des meubles d'éclat ici et là mais c'est pas pour toi, reste dans les rues et évite les galeries. Sauf si t'aimes l'ambiance musée. C'est pas que des faux qu'ils ont sous clé. Tu peux être sûr de trouver caméras et professionnels derrière les grilles. Les négociants attendent leur vente quotidienne ou hebdomadaire dans des fauteuils anciens. Que du fait-main d'il y a Louis Quatorze. Les mecs sont solides. Même le déménageur, il vient d'Australie, c'est dire. Là-bas, les types sont deux fois plus grands qu'ailleurs, tous descendants de taulards, tu m'étonnes. Ils ont même tué tous ceux qui vivaient sur une île à téco, mode chasse à l'homme, reste plus personne d'autochtone, sans déconner. Longe les vitrines où les histoires s'entassent. De vieux flingues et des armures qui ont dû beaucoup trop servir déjà. Pour le roi ou le cinéma. Mais de l'autre côté plutôt, ça commence à intéresser. Les vêtements sont de seconde main. Il lui faudrait sans doute un bon manteau pour l'automne, un truc de l'armée peut-être. Une bonne parka, bien solide, pas chère. Les QR codes deviennent vinyles. Poussière dans les étalages. Lenteur de la main qui fouille avec précaution. Ces objets sont plus vieux que toi, gamin. Vaut mieux être attentif dans ce bataclan à spécialistes. Tiens, ce 45 tours n'a été tiré qu'à cinq cent exemplaires. Importation. Tu connais pas ce groupe ? Garage psyché des sixties, sacrément rare, ils ont pas joué plus de trois mois ensemble. La veste est à cinq euros. Les mêmes sont à cinquante en centre-ville. Il y en a qui se foutent vraiment de notre gueule. Ils achètent en gros chez le vieux Kabyle, celui qui a une casquette en cuir et une croix de guerre allemande fixée dessus. Il fume encore dans sa boutique. Il est chez lui, non ? Y'a bien des flics qui passent de temps à autres. On échange des saluts. Ça règle tout de savoir dire bonjour. Le petit jeune d'à côté les emmerde avec sa barbe taillée à l'électrique, sa pipe électronique, et ses Repetto à trois-cents balles sans chaussettes. Il se prend pour un Gainsbourg des brocantes sauf qu'il boit pas. Rien que des jus de fruits, des vitamines, MD le week-end. Tout est hors de prix chez lui et pourtant des gosses de riches s'y précipitent. On ne sait pas où il les pêche ces pigeons, mais la belle arnaque, ici, ça se respecte. Le lierre descend le long des murets, ça captive. Les toits sont si bas. Des fenêtres anciennes et derrière, pas d'animaux vivants. Des crânes et des bois. Les doigts caressent les pointes d'un ancien cerf. On engueule. Des vieilles peintures s'entassent à même le sol. Un portrait le retient. Un visage.

Je ne me suis pas plaint quand ils se sont paumés. J'ai rien dit. Pourtant je parle beaucoup d'habitude. Ça abrite ma naïveté, ou la révèle. Dépend du destinataire. Je viens d'avoir dix-huit ans. Ou vingt. Je sais jamais s'il vaut mieux me vieillir ou me rajeunir. Quoiqu'il en soit, je triche, j'avoue. Avant que j'emménage seul, j'avais dû arrêter de ramener des potes chez moi, ma mère leur répétait : « Ne l'écoutez pas, il raconte que des histoires. » Alors j'ai commencé à prendre ça au sérieux. Je parle beaucoup. La bouche s'ouvre, mes dents se tordent et mon charabia charge. Ce matin, j'étais dans le coaltar. Là, je suis en bande. Jamais seul. On est là, avec moi, tout autour de moi, même si je louche de la jambe.

Personne ne sait ce que j'ai foutu la veille. Il m'ont même dit que peut-être que j'étais avec elle, la meuf qui boxe bien et qui vit pas loin de mon taf. Max... elle les impressionne un peu et ça me fait plaisir. Ils sont en mode : c'était pas avec elle ton plan chelou ? Mais non, pas cette fois, il n'y a rien eu de tendre hier. C'était du sabotage ou un trip de trop ? Ils se marrent. Ça fait un moment que je joue au gars déter, chaud pour de petites actions directes un peu plus énervées que les simples manifs sauvages ou les blocages matinaux, et résultat : j'ai raté quoi hier soir ? un apéro parking qui s'est prolongé dans un appart vide de gros bourges qu'il faudrait parvenir à changer en squat cet été ou en centre social après la révolution. Ils planifient des réquisitions comme un séjour au Club Méd.

J'aurais sans doute mieux fait de la retrouver, hier soir. J'aurais pu venir avec Max à la soirée. Elle est chouette et les potes attendent de mieux la connaître. Ça va faire quasi deux mois quand même. Alors puisque personne ne m'a vu ni ne devine où j'étais, inutile de leur parler du couteau ou de la clé USB. C'est ridicule. Je sais même pas utiliser de VPN aux bons moments. Je savais bien qu'il fallait tourner à gauche plus tôt. Pas de thunes en ce moment de toute façon, encore quelques jours avant que la paye ne tombe. J'en ai tellement marre de ce boulot. Un bureau, un ordi, les gens au bout du fil, le casque qui gratte et oppresse ses oreilles. Les collègues : ça dépend des heures. Il y a ceux qui savent, qui voient la galère, et y'a les autres zélés. Aliénation pure. J'y passe la plupart du temps à attendre et à scroller sur mon portable. Je fais en cinq heures ce que ma mission de travail déclare en prendre huit. Le Solitaire aide. Un bon niveau qui paralyse toute créativité. À côté, y'a l'autre daronne qui joue aux échecs niveau 5. C'est le max sur son logiciel. Toute la journée, elle ne fait que ça. Alors au début c'est impressionnant et puis quelque chose de terne s'installe – on s'en sort pas si on accumule les victoires. Tous cherchent à oublier qu'ils sont là seulement pour la paye, et les plus vieux se plaignent qu'elle n'ait pas augmenté depuis le passage à l'euro. Je l'ai jamais connue, moi, la baguette à un franc. Ça fait du bien d'oublier ce genre de petite colère, c'est sûr. Une lettre dans la boîte, un virement, on n'en parle pas trop au bureau, sauf en cas de retard, sinon c'est comme si ça ne nous concernait pas. Se lever pour mille deux, c'est insultant... Comme on attend que vienne la révolution, on n'est plus là que pour attendre le week-end et la fatigue du week-end et se raconter le week-end.

En le voyant se tenir là, si près du visage, la brocanteuse l'interpelle à travers sa clope sans filtre :
« Belle chaise, pas vrai ? Pour pas baratiner, c'est mon grand-père qui l'a faite. Un ébéniste. Enfin, un artiste ! Il picolait avec Bacon. Il lui tapait dans le dos et l'appelait "Franzy". C'est *vintage*, hein », elle appuie sur le mot. « On l'avait dans le salon mais on a dû déménager alors elle s'est trouvée dans un grenier, mais quand je l'ai revue – connaissez Proust ? – bin comme la madeleine. Tous les souvenirs de mon grand-père sont revenus ! Pfou ! L'odeur de sa pipe. Lui qui se balançait confortablement dessus. Très intime pour moi cette chaise. Comme neuve. Et puis z'avez l'air sympathique, j'vous fais un prix. Normal. Mais comprenez, j'y tiens quand même pas mal à cette chaise. Elle a une odeur pour moi. Donc soixante balles, ça vous va, hein. J'vous préviens

tout d'suite, j'descendrai pas en-dessous de cinquante. Les machins sentimentaux comme ça, ça prend de la valeur. Plus on vieillit et plus on se les garderait pour soi, pas vrai ? Plus on vieillit et plus tout prend de la valeur. Et puis comme les choses vont, j'aurais sûrement jamais de retraite, alors voyez... tu vois, pas vrai ? tu piges gamin ? »

Elle a derrière elle une collection impressionnante de meubles rongés et d'animaux empaillés, véritable zoo mortuaire. Bestioles crevées, farcies de paille. Aucune idée de ce qu'ils peuvent mettre là-dedans. Une myriade d'yeux de verre pour observer. Ça surveille. On voudrait caresser et jouer avec. On ne peut que se projeter dans le mouvement factice sans oser rien toucher. Ça s'est pétrifié sous les poils, les nageoires sont taries, les ventres ne respirent plus, les gueules sont raidies. Là, c'est ouvert et brille de dents. Ici, c'est noir, fermé. On lui a collé les lèvres dans un étrange sourire qui ne dit plus rien. Et le portrait par terre, déposé contre une chaise usée. Horrible chose en bois rustique. Peut-être que c'est le contraste qui lui a attrapé l'œil. N'empêche que la figure peinte sur la toile tend quelque chose d'avant les mots. Quelque chose qui se serait figé dans le bleu pâle des yeux et des lèvres. La vieille continue à parler de son souvenir mobilier ; le portrait à avancer tout son silence. Un silence chargé d'enduit, de sonorités noires.

« C'est pas ta chaise qui m'intéresse. J'peux regarder, là ? Ce visage, là. C'est bien un portrait ? Plus je m'approche et moins c'est un portrait...
– Ah t'as l'œil gamin. Encore un héritage du vieux. Pas

lui qui l'a fait, ça, par contre. Un pote à lui sans doute... sûrement un grand peintre ! J'sais pas où qu'il aurait pu ramener ça.
– Vous l'vendez bien alors ?
– Ah mais si t'insistes on arrange tout !
– J'ai pas trop de thunes en ce moment...
– Souille pas notre collaboration avec de l'argent, gamin ! Ça commençait si bien ! Tu peux mettre combien ? Attention, pas moins de cent !
– Tu m'avais dit cinquante pour ta madeleine, non ? Alors c'est cinquante maxi. Y'a une banque pas loin ?
– C'est que t'as de l'humour, mon p'tit ! Cette œuvre d'art vaut bien dans les soixante-quinze !
– Faut pas déconner non plus, vu l'état du cadre !
– Où tu vois un cadre ?
– Justement ! Même pas de cadre ! Et je t'assure que si j'arrive à soutirer un billet de cinquante euros à ma banque, ça sera déjà un miracle. J'peux vraiment pas mettre plus. »

Je savais que j'aurais mieux fait de pas sortir aujourd'hui. Pas de béquille. Trop de monde. La tête dans le cul. Je peux pas m'empêcher d'acheter une connerie quand je sors. L'autre fois, je rentre dans le supermarché pour une baguette. Je suis ressorti, j'en avais pour dix balles. J'ai cédé aux promos. La banque devrait m'envoyer des lettres d'encouragement. Je participe à l'économie. Je revendique mon pouvoir d'achat. J'achète trop de conneries. Surtout ces bricoles à prix malins sorties des poubelles capitalistes du sud-est asiatique. Je m'adapte mal parce que je suis trop dedans. Mes membres pataugent. Ils ne répondent plus de leurs actes en-dedans. Cheville en vrac et hématome sous le pied gauche. Je redécouvre la plante du pied gauche. Ma plante gauche... Je l'avais oubliée. Faudra attendre une bonne semaine avant de pouvoir à nouveau courir dans le noir. Sert à rien de s'y mettre plus tôt si c'est pour aggraver la situation. Gaffe à la cheville quand on bouge en sauvage avec l'équipe. J'aurais dû prendre une béquille. On retourne dans la foule. La vieille meuf a dit qu'elle était où la banque ? Je savais qu'il fallait tourner avant.

Le tableau sous le bras, poussière contre sa manche. Bientôt dans sa main. Un sac aurait fait l'affaire. Ils n'ont jamais de sacs à la bonne taille. Le tableau est pas bien grand pourtant. Les murs de sa chambre sont blancs, un peu rongés par l'humidité. Assez pour lui avoir filé des mycoses pendant l'hiver. Il n'a jamais eu le temps d'y mettre quelque chose. Un tableau c'est pas mal. Il en a pas vu depuis longtemps. Il est vraiment fatigué et son regard s'ouvre étrangement. Tout lui saute dans le visage et l'ouvre. Il fixe et ses sens se mettent en état de tremblement. Un café. V'là une bonne idée. Un bon vieux café. Mais trop de monde à l'intérieur. Trop de monde debout. En même temps, c'est vrai que tout est moins cher depuis le comptoir. Poser son coude sur un comptoir en zinc. Ça reposera un peu la jambe. Il ne s'est même pas rendu compte qu'il y entrait en jouant des épaules. L'objectif l'a saisi et sa pensée s'est éteinte. Le type d'à côté ne bronche pas, il a le corps entièrement tourné vers les chevaux sur l'écran plat. Pas le seul d'ailleurs. Paraît que pour être servi rapidement, faut bien se tenir droit et pas lâcher le serveur des yeux, surtout pas parler avec un voisin. Mais quand un mec, derrière lui, interpelle le barman par son prénom et lui serre la main en demandant une bière, il sent bien qu'il s'est fait avoir. Il attend. Un expresso ne fera sûrement pas l'affaire. Il ne va pas en commander un double : il va en commander deux. Le premier, se l'enfiler d'un coup, à l'italienne. Le deuxième, le déguster un peu, se reposer contre le rebord. Une barre métallique cogne contre ses baskets. Il y grimpe de son bon pied et passe commande. Il a crié et ça a surpris les autres, autour. Tant mieux. On lui a fait un signe d'approbation. Le miroir au mur est monumental et recouvre une partie du plafond, enserrant l'espace en le multipliant. Un écho qui écrase. Les rayons dorés s'informent dans le cuivre, les machines à café vrombissent. Il attend. Là-haut, sa fatigue le frappe depuis son reflet. Il lui tombe littéralement dessus pour lui frapper les tempes et lui tripoter la migraine. Deux cafés. Plaisir du mouvement qui jette le liquide dans son corps. Il se brûle. Personne ne l'a vu s'étrangler. Il aurait été le premier à ricaner, mais il n'a pas la tête à ça. Il se fixe dans la glace comme s'il épiait une filature. Le miroir est taché d'une sorte de rouille qui se plaque contre ses joues et rend ses cernes d'autant plus présents. C'est vrai que ses yeux sont étranges. Il les écarquille sans faire attention. Ils miment et figent la surprise. Il se répète Faut que je me couche tôt ce soir, c'est plus possible. Parvenir à se coucher tôt, se lever tôt et travailler demain. Demain sera probablement une journée de merde. Je dormirais bien un peu plus. Le réveil à six heures, c'est pas humain. Il se répète Faut que je rentre. Il n'a plus envie que de se poser et fumer au balcon et ne rien faire d'autre. Impossible de s'endormir ici, à moins d'être soûl et installé sur les banquettes en cuir rouge. Occupées. Ivresses et places libres sont déjà occupées. Ils parlent fort. Trop fort. Ils ne rient pas, ils hurlent. Ça gronde et parfois, ça n'est plus que sabots, cris d'hyènes, ronflements frelons, sifflements reptiles, braiments épatés, claquements de langues et de ligaments, poings aplatis sur les tables, tohu-bohu de paroles pilonnées, disparues sous la clameur. Un tissu nerveux qui se gonfle et remue. On se déplace difficilement dans ce rade. La peur qu'une titubation vienne abîmer son tableau le prend, tout à coup. Il l'attrape, le retourne et se demande s'il y a une signature quelque part. Peut-être qu'avec un peu de chance il aurait trouvé une perle. Ça l'étonnerait, et en même temps c'est bien possible, ça arrive assez souvent. Il croit se souvenir avoir lu ce type d'histoire : ça doit arriver tous les ans. Des Picasso dissimulés au fond de vide-greniers. Deux fois par an. Trois fois, au moins. Et encore, il est certain de ne compter que les petits tableaux. S'il englobait n'importe quelle œuvre d'art, des dessins, des sculptures et tout, ce genre d'histoire doit bien arriver trois fois par mois. Il y en a bien qui gagnent au loto et tous se disent Pourquoi pas moi... La toile est tellement sale qu'elle aurait pu échapper aux experts jusqu'ici... À peine la prend-il qu'elle lui recouvre les empreintes digitales de crasse, comme dans le métro quand il passe ses doigts sur le wagon qui freine. Le châssis est en bois, de la saleté derrière. On dirait bien qu'il y a une signature dans le coin, une légère tache un peu plus sombre. Impossible de lire. Est-ce que ça serait possible de passer un coup d'aspirateur dessus sans l'abîmer ? Il a pas mal de reliefs, de grosses couches de peinture. Sûrement été fait au couteau. De la poussière entre les courbes. Et les reliefs sont si denses qu'il ne saurait les différencier de moisissures, comme si le portrait sortait d'un festin immense et huileux. Un des piliers de comptoir l'interpelle :

« Hé bé, regardez c'que le jeune a trouvé. T'as trouvé ça où jeunot ? Regarde Jeannot c'qu'il a trouvé le jeunot. Ça serait pas une des croûtes de l'autre con, dis ?
– Bin c'est qu't'as raison mon vieux ! Ça ressemble bien à une de ses croûtes au grand con de barbouilleur ! Rien qui tient en place dessus ! J'me demande où qu'il peut être maintenant cette sombre merde. Il a dû devenir riche ! Ça fait une paye qu'on l'a pas vu c't'enculé !
– L'est pas crevé ? Paraît qu'il est malade et qu'il va crever. La dernière fois il était avec sa bonne femme et ils en tenaient une bonne. Ça remonte alors... laisse-moi réfléchir. J'ai la mémoire qui cale. Chaque fois que j'lance le démarreur, ça cale.
– C'est probable qu't'as pas mis de starteur !
– Haha ! t'es qu'un gros con toi aussi !
– Commence pas à me comparer à l'autre con, j't'en prie ! J'te préviens même... Tu continues encore une fois et j'vais t'expliquer deux trois choses !
– Le prends pas comme ça ! Voilà qu'il va se mettre à m'embrouiller. Y'a pas d'embrouille, mon vieux. J'sais même plus pourquoi qu'on gueule...
– Bin le petiot, regarde, dans ses mains, c'est bien une toile de l'autre con, non ?
– Mais oui, t'as raison, t'as bien raison... Une paye que j'en ai pas vu... c'est vraiment une belle merde. T'as trouvé ça où mon p'tit ?
– Ah euh, pas très loin d'ici, dans la brocante...
– Et c'est comment qu'on t'appelle ? C'quoi ton blaze ? On t'a jamais vu par ici.
– Euh... Antonin.
– Marrant c'que t'as trouvé là Antonin. T'es du sud ? Marseille ? Pas du tout ? J'aurais pensé que quelqu'un l'aurait jeté. Il vendait ses trucs tellement vite. À la va-vite. Ça lui a jamais rien rapporté. Vraiment un abruti

de première. Mais s'il vient plus, c'est soit qu'il est dans la tombe, soit qu'il a touché le jackpot ! Je serais toi, j'irais le retrouver pour la lui rendre en échange de quoi picoler un moment ! Ça aura plus de valeur pour lui que pour n'importe qui d'autre ! »

Qui c'est ces types ? Ils s'arrêtent plus. J'ose rien dire. Merde. Ils ont des vrais nez de merde. Poivrots. Pas loin de me faire insulter aussi. Qu'est-ce que je pourrais leur répondre ? Jamais eu de répartie. Elle arrive toujours trop tard ma répartie. Me taire et écouter. J'ai vraiment acheté une belle merde. Encore fait avoir... C'est qui ce peintre alors ? Un putain de peintre du dimanche ? Les écoute plus. Merde ça fait chier. Putain, cinquante balles... et les cafés ?! Putain, j'ai zappé les cafés... pas de quoi en régler un seul... que des pièces jaunes. Peut-être juste de quoi faire genre... Attends que le serveur soit de l'autre côté du bar. Pose sur le zinc. Bien faire tinter les pièces entre elles et contre le métal du comptoir. Tu dis merci et tu te casses. Je dis merci et me casse... Pense même pas à la cheville. Je me suis encore fait avoir. Ce visage pourtant. Une croûte. Attendre qu'il soit de l'autre côté et taïaut, davaï, yalla, tu te casses. Trop de monde. Justement, c'est mieux. Tu te glisses. Tu es la foule. Je pourrais laisser le tableau là. J'aime pas ça. Ça attirerait l'attention. Et le serveur qui vient par là. Il va voir que j'ai pas la thune. Faut que je baratine. Il ouvre la bouche. Canines plombées :
« Les écoute pas, hein, mon gars. Ils y connaissent rien. Moi non plus, j'dis pas, mais bon. Ça a peut-être mal vieilli, sa peinture. Déjà à l'époque, les gens y voulaient qu'on leur explique le pourquoi du comment de l'abstraction d'une tache qu'un gosse pourrait faire, tu vois,

et ton peintre il a toujours fermé sa gueule. Il savait pas embobiner comme les autres. Il l'ouvrait jamais au bon moment plutôt. Embobiner les collègues pour un verre gratos par contre, l'était meilleur à ça... Moi j'l'aurais pas acheté, mais c'est pas mal ce portrait. En tout cas, il vit toujours j'crois... C'est vrai qu'ça fait longtemps qu'on l'a pas vu, parce qu'il venait ici souvent. Il restait même longtemps. Ça m'étonnerait pas qu'il soit devenu riche. Ils ont pas tort, tu pourrais te faire de la thune avec ce truc. C'est curieux mais ça arrive à des timbrés dans son genre. Il aimait bien le bruit de quand on fermait les stores en métal. En fermant, j'ai dû le virer plusieurs fois parce qu'il commençait à jouer avec. Il les faisait monter et descendre, monter et descendre, et ça faisait un boucan pas possible. En fin de journée, c'est pas tenable, tu comprends. Nous, on n'osait pas dire qu'on trouvait ça bizarre ses toiles. Et on en a vu défiler, des artistes ! Dans l'quartier ! Pas cher tu comprends. Moi, j'ai travaillé longtemps ici, mais j'y bosse plus. Va pas croire que j'suis barman à temps plein ! Mais quand ils m'appellent pour dépanne, j'reviens quand même !... Le patron est qu'un con mais sa femme est chouette. C'est grâce à elle. Lui, il roupille toujours là-haut, alors qu'elle...

– Ah putain, recommence pas avec tes histoires !

– C'est vrai, chaque fois tu remets ça. On la connaît ton histoire !

– Et le jeune, il la connaît p't-être ? Faut vraiment qu'vous soyez déjà soûls pour me faire chier. Vous faites chier tout le monde aussi ! Quarante ans que j'vous connais, quarante ans que vous faites chier ! J'le comprenais bien au peintre quand il vous envoyait dans les ronces !

– Hahaha, tu parles d'un voltigeur ! Le type, il payait des coups jusqu'aux excuses ! Tu parles d'un gros con !
– C'est toi qu'es con !
– Répète un peu pour voir ?! »

La route s'allonge. Le bus a démarré. Il se masse la cheville et grimace. Il a disparu du comptoir sans que personne ne le remarque. Un coup de chance que le bus soit passé pile au bon moment pour accélérer sa fuite. Tout le monde a des écouteurs là-dedans et personne ne fait vraiment attention à lui qui n'en porte plus. Pas par volonté, non. Soit il perd, soit il casse les siens. Tout tombe trop facilement de ses poches ou de ses oreilles. Tout s'écrase ou disparaît. Du coup, il n'en met plus depuis longtemps et écoute les grésillements musicaux qui chuchotent d'une tête à l'autre. Tout au fond du bus, contre la fenêtre, la vue d'ensemble ne pourrait être meilleure. Il bâille. Pourquoi a-t-il dit s'appeler Antonin ? Il a menti machinalement et tant mieux. Il sourit à cette petite imposture, déposant sa cheville sur son genou pour la masser doucement. Le lourd véhicule roule et passe au travers des rues tant de fois parcourues, jamais assez. L'habitude peut nous frapper de ses anesthésies, mais la rue reste là, elle s'offre, à la fois inhabitable, ennemie et familière. Elle ne sait pas qu'il bâille. Elle s'en fout. Le bus pénètre dans ces artères, veines, trottoirs en tendons, immeubles en muscles immobiles, rien que des ponts et des fleuves, torrents de citadins ou bouchons de péniches. Les flux sont en place. Il en faut peu pour se laisser porter par le courant. Un pas de côté et l'on est lancé. Tout défile et nous avec. Depuis le bus, tout défile et lui avec, un feu rouge, des travaux, un arrêt, un passant. On pourrait poursuivre ce travelling bien longtemps et ne plus descendre. Il bâille à nouveau et sa mâchoire craque. Il a dit bonjour à la chauffeur en montant – ça l'a surprise. Les gens sont surpris quand on leur dit bonjour. Iels avaient oublié. Ici en tout cas. Ailleurs, ça doit être différent. Ça l'est souvent. Tant qu'à gruger, autant le faire avec politesse. Le paysage défile même sans ticket. Les objets défilent. C'est ce qui les rend si importants – qu'ils passent et s'échappent. On les saisit et déjà, ils ne sont plus. Le bus doit faire un détour. Une manifestation ou un piquet de grève ? Iels ont pas l'air nombreuxses ni très coriaces, mais ces actions sont devenues quotidiennes. Mines fatiguées. Cérémonie politique. Revendications éternelles. Ça scande du funèbre en bloquant la circulation. Des activistes non-violents qui intègrent le décor urbain moderne sans encombre. Iels expriment simplement un besoin urgent de réformes. Un vieux type râle à voix haute dans le bus, scandalisé que l'on puisse ralentir son trajet de retraite. Il attend approbation. Tête de con, il a le temps de se plaindre, il en profite. Autour, on ne dit rien. Au fond non plus – on voudrait s'endormir un peu entre la vitre et le tableau – pas la force d'intervenir. Le vieux a sorti la logorrhée nationaliste de son larynx : il sait ce dont on a besoin, il apporte des solutions, toujours les mêmes qui bouc-émissairent. Une pouffiasse le soutient et un jeune intervient – je ne peux pas vous laisser dire ça. Cohue dans le bus. Ça pleure dans une poussette. Impossible de s'endormir, décidément. Ça s'agite. La tension grimpe et la chauffeur appelle au calme sans succès. Une canne se lève, les insultes fusent, une femme demande à ce qu'on ouvre les portes puis descend en riant avec éclat. Quelque chose dans le ton de sa voix et sa gestuelle a neutralisé le remue-ménage. Une petite honte vient teindre les joues de toutes les personnes présentes, silencieuses ou tonitruantes.

Le bus redémarre. Le vieux s'étouffe de colère : qu'on l'invective d'accord, mais c'est intolérable que l'on ait pu se moquer de lui. Et le débat républicain alors ? il n'y a plus de valeurs, décidément. Il voit la femme rejoindre le groupe de manifestant*es* pour les interroger, se renseigner, serrer des mains. Il est rare d'échapper à de telles situations par un rire. Ça brise la confusion. Personne ne possède l'aisance rhétorique entendue dans les radios et plateaux télé. Personne qui ne soit pris dans les roulis de bus en tout cas. On juge comptoir et on parle comptoir aux comptoirs des transports en commun blindés ou des assemblées vides. Les idées font des nœuds entre elles lorsqu'elles s'y croisent. Plus rien n'en découle, même lorsqu'il y a un désir commun de sortir de sa paralysie. Alors, heureusement, il y a la véritable émeute, le sabotage et le rire. Peut-être que le rassemblement en question est l'une des conséquences des dernières séries de manifs sauvages ? des blocages en série ? de son action nocturne même, tant qu'on y est ? Aurait-il dû descendre avec la femme, en riant ? Mais il se croit allergique aux vieux militantismes et il est trop crevé pour redresser la tête. Trop fatigué pour parler... Il se méfie de sa propre logorrhée quand il se met à discourir. Un goût d'imposture dans l'haleine qu'il connaît bien et observe trop souvent chez d'autres. C'est foutu quand on s'aperçoit que de potentielles camarades parlent trop, méprisent vite, agissent peu et manquent d'humour, c'est-à-dire de distance. Faut toujours se méfier là où le discours étrangle l'action, et où l'autodérision est impossible. Toujours savoir mordre. Ça rend pas la révolte facile quand un lexique froid remplace la vie quotidienne. Arrogances et narcissismes qui parviennent à leur apogée lorsqu'iels pensent disparaître derrière les hautes théories qu'iels incarnent. On serre la corde plutôt que de la couper. On ne discerne plus l'absurde fondamental, le ridicule généralisé, le besoin de sortir violemment des espaces mortifères qui contrôlent tout grâce aux désirs pacifistes. On se ferme sur soi et son cercle intime. Une intelligence autosatisfaite – celle des petits sergents et autres curés d'idéologies précaires. C'est pourtant rarement eux qui lancent les révolutions, préparent les molotovs, lancent les molotovs, tombent des barricades. Iels font pire. Iels les encadrent avec une idée malsaine de ce que serait la pureté militante. Besoin de la foule. Mépris de la foule. Toujours hors d'elle. Utile ou pas. On ne sait pas. Mais voilà quelque temps maintenant qu'une tension particulière s'affirme en chacun et chacune – tout attend l'incident. Depuis nos postures et leur indifférence, nos colères et leur mépris, nous n'attendons plus rien d'autre qu'un nouvel incident. Le geste qui fera déborder encore un peu plus l'éternel vase du seum. Alors, en attendant de retrouver des souvenirs ancestraux – tout brûler, c'est bon pour la terre –, le bus fera un léger détour. Iels ont réussi leur action directe sur les flux métropolitains. Propagande par le fait. Les passagers s'enferment dans leur malaise. Une solitude mauvaise les endigue. Il bâille. Un rapide détour donc. On peut dormir là contre, maintenant. Ça n'a pas l'air trop sale. Il a du temps. Encore une dizaine d'arrêts avant le sien, le temps de faire un somme. Tout s'emmêle déjà.

Pas de temps à perdre – cela ne veut rien dire. On ne perd pas son temps, on s'écoule avec lui et rien n'est plus vide et donc plus intime que cette confusion de soi et de l'instant.

Réveil calme et puis sursaut. Paysage inconnu. Il a raté son arrêt. De quelques stations seulement. Il fait un peu plus frais. Une fatigue d'opiomane. Léthargie pesant sur les nerfs. Sa motivation pourrait gésir dans des fonds d'égouts. Il marche et titube comme soûl. Un pas devant l'autre, irrégulier. Rythme cadencé par l'habitude. Si ça ne tenait qu'à lui, ça serait terminé depuis longtemps. Fini les voyages. Mais l'habitude est une machine qui le tient. Elle se lance et envahit. Évidemment qu'il y a eu trop d'alcool hier soir… mais il n'en est pas sûr non plus. Il ne se souvient vraiment pas. Le vieux liquide est de ces amis peu fiables, idiots mais honnêtes. Trop idiots pour ne pas être honnêtes. Il ne sait pas mentir – sauf aux menteurs. Des migraines, avant de s'endormir, en se levant. Des migraines. Pas de temps, jamais de temps, le sommeil est là, loin de lui. Il ne sait jamais où l'atteindre – toujours là quand il est lointain. Quand il se tient loin. Quelque chose qui lui agrippe le dos, enserre ses épaules. Des nœuds. Ça lui prend le mouvement et l'enserre. Des craquements s'il bouge son épaule. Le tableau l'encombre déjà. Sa place n'est définitivement pas sous ses aisselles. Mais vite, il oublie les grasses empreintes de poussière qu'il laisse sur ses vêtements. La cheville le lance et il boite plus que jamais. Il sait déjà qu'il va mal dormir. Plus il y pense, plus il en persuade son corps. Il lui tarde de taper le code à la grille du bâtiment. Il lui tarde de rentrer enfin chez lui. Pas de proprio en vue. Le pingre doit encore être fourré à l'église ou resté chez lui. Tant mieux. Paraît qu'il vit dans une chambre de bonne et qu'il cache tout son argent dans un meuble à double fond. Quelque chose se termine. Une urgence le prend. Une envie de pisser. Toujours quand il entre dans l'ascenseur. Tout d'un coup, lorsque le corps s'immobilise et monte. Ça doit être une question de gravité lui pressant la vessie. Pas se pisser dessus. Faut que tu pisses, faut que tu pisses, faut que tu pisses. Évidemment qu'il ne va pas se pisser dessus, mais c'est limite. Vite, la clé. Il trottine sur place, se tient sur sa bonne jambe et sautille, comme si ça arrangeait les choses. Porte qui s'ouvre. Il jette le tableau sur son lit. Porte des chiottes qui s'ouvre. Braguette.

Se recroqueviller enfin. Sur mon lit. Il est encore assez tôt. Fin d'après-midi. Content de pas être resté trop longtemps avec les autres. Ici au moins je suis tranquille. Je risque pas de croiser de flics. Pas envie qu'on me rafraîchisse la mémoire. Faut que je fasse une sieste. C'est plus tenable et ça ira mieux après. Travailler. Parvenir à travailler correctement demain matin. Lundi matin... Me coucher tôt plus tard. Mon corps s'écrase enfin contre le matelas. Je n'écoute plus rien. Je ne dis rien. C'est sans doute plus intéressant comme ça. Ne plus penser et me répéter que je ne pense à rien. Pour provoquer le sommeil. N'ai rien fait aujourd'hui. À part suivre la foule. Faut pas que je dorme plus de trente minutes. Il est même pas dix-huit heures. Le fond de ma gorge m'irrite, acide. Des remontées qui me raclent de l'intérieur. Juste me coucher tôt plus tard, quand il fera nuit. Lancer un film plus tard, et m'endormir devant. Des pâtes et de la sauce pesto. J'ai encore un pot dans le placard. Vérifier qu'un champignon blanchâtre ait pas poussé dedans. Le placard est presque vide. Il l'a toujours été. Presque.

La pluie est enfin là. Elle berce. Soit elle effacera toutes les traces de l'action nocturne, soit elle les répandra. Le voile suspendu des nuages en a terminé avec les périphériques. Il se tient au-dessus, lourd et prêt à en découdre. Il recouvre et bientôt assombrit le sol sèchement gris. Vertige des gouttes qui s'écroulent en rangs serrés. Ça tambourine à la fenêtre. Suffit de se mettre à la place d'une de ces gouttes pour sentir monter en soi ce vertige de la chute et l'importance de tout bitume. Être en chute de soi. Séparation lente de tout ce qui est soi pour mieux faire face aux autres. Être en déluge des autres. Parce qu'en face, c'est pareil. Un ploc dans une flaque. Et la multitude de ces bruits sans cadence dans la multitude des flaques. Tomber dans une bouche ouverte, à la recherche du goût de l'eau dégringolée. Scruter cette langue déployée. L'épier même, de tout son écroulement. Le seul espoir de toutes ces gouttes en chute libre, c'est cette langue tendue vers ce qui semble en tout point être vain.

C'est agréable d'être si haut. Du dixième étage, on se projette. Internet encore. Il pleut violemment là-dehors mais ça ne durera pas. Il fixe son écran avec lassitude. Ses yeux cherchent à le rassurer en affirmant que la procrastination est une fausse paresse. Elle échauffe, prépare. Elle crée l'attente du moment où elle s'éclatera en jets d'encre, d'os, de dents plantées dans du mouvement. N'empêche que le premier geste a été d'ouvrir l'ordinateur et de mettre en route la machine. Légère attente du démarrage. Combien de temps a-t-on passé

dans l'attente d'un démarrage ? De la fin d'un téléchargement ? Faire la queue devant son écran. À partir du moment où il y a la queue devant quelque chose, faut s'en méfier. On attend notre tour de passage et à nous le grand divertissement. Enfin : des mails, des nouvelles, des notifications, des photos, des anecdotes... Les files sont longues, mais tout paraît plus petit dans l'intime, plus acceptable. Trop de monde. L'écran de son vieil ordi grouille. Des accroches sans pensée. Discours mutilés. Le gong incessant d'un ring sans boxeurs. Dialogues de gongs à gongs avec tout ce que cela comprend d'échos assourdissants. Lien vers une vidéo, une pub avant la vidéo. Patienter quelques secondes. La vidéo et son rire. Il se sent bien tout à coup, ouvre la fenêtre. Un message de Max...
Merde, elle a vu qu'il était en ligne. Lire l'article et faire comme s'il n'avait pas vu... mais elle a vu. Ça le lui dit qu'il l'a vu...

Le visage semble l'observer derrière l'écran. Faudra clouer ce tableau au mur. Il l'a posé sur le bureau. Il tient tout seul et l'observe à l'arrière de l'écran. Depuis le lit, il se dit : je l'ai pile dans mon viseur, il m'a pile dans le sien, mais il ne me regarde pas. Ses yeux vont au-delà. Au-dedans. Comme s'il n'était pas là pour le voir. Pas besoin du spectateur pour prendre vie. Il tient tout seul.

Max veut venir ce soir. Je suis beaucoup trop fatigué. Ça va pas faire long feu. J'ai voulu dire non d'abord et puis je viens de dire oui. Amoureux ? Il y a encore pas si longtemps, avec une autre. Mais d'elle ? Non... Je crois pas. C'est la première fois que je me pose la question en pensant à elle, c'est marrant. C'est sûrement pas un bon signe que tu te la poses. Elle est venue pas mal de fois ces derniers temps, et d'autres fois, quand c'est moi qui vais chez elle. C'est pas loin du boulot. C'est facile après le boulot. On n'est jamais bien loin pendant les manifs aussi. Encore plus proches après. Elle court vite et bien. On s'amuse bien. L'accord est tacite. Il nous engage beaucoup plus que je n'aurais cru. Elle est belle. Elle est belle, je crois. Pour moi, elle est très bien. J'aime comme elle résume les choses, décrit ses colères et encourage aux actions les plus déters. J'aime ses hanches et ses seins. Le goût de sa vulve et sa manière de me dire comment je dois poser ma langue. On expérimente encore des choses. La première fois me fait toujours sourire. On s'est trouvés maladroits la première fois mais on s'est compris. Nos rythmes se sont pas mal améliorés depuis. La première fois, on a beaucoup rigolé. On s'est vraiment marré. C'était con et super. On a à peu près le même âge et les mêmes timidités. Pas encore vingt ans. Tous les deux ridicules. Chaque fois la même chose, je crois. Mon bras s'enroulait autour de son corps et – l'amour est imparfait. L'amour est probablement le plus imparfait des sentiments. Cette imperfection ne peut être totale sans une grande beauté pour la tenir. J'en ai jamais connu sans une certaine maladresse. Faire l'amour et puis rire. La beauté d'un rire après un mugissement de cordes vocales. Pas d'annonce dans le rire ou la jouissance. C'est grotesque. Ça monte, ça déchire quelque chose avec une tendresse ou une cruauté absolue. Prendre une douche rapidement, avant qu'elle ne débarque. Je pue.

Dans le coin du bureau, le tableau se tient. Le visage le fixe. L'obscurité et la fatigue forment un ballet où les figures se façonnent en vagues. Prendre une douche et se tenir éveillé encore un peu. Soigner la cheville et oublier ces histoires de sabotage et de couteau, elles reviendront demain, à tête reposée. Ça n'était probablement qu'un mauvais rêve. Une bouffée paranoïaque due à la gueule de bois. Il n'y a rien à craindre d'une enquête de police. Il a dû se voir offrir la clé USB au boulot pour un bazar promotionnel. C'est sans doute par terre qu'il a trouvé le couteau, dans un bar ou dans la rue. C'est con de l'avoir caché dans une serviette, dans le fond du tiroir. Une fois qu'elle sera là, il lui expliquera qu'il faudra qu'il se lève tôt demain et qu'il n'a pas assez dormi. Qu'il a passé une journée horrible. Comme une longue descente de gueudro. Sa cheville a gonflé. Tout est bleu autour de l'os. Une journée trop pleine sans doute.

Note laissée par le peintre sur sa table :

Dans sept jours, je me tue. Fini les mensonges, les postures, la peinture et les tentatives de survie. Sarah est partie, je ne sais même plus où. Partie vers une nouvelle révolution peut-être. Sans moi. Je suis seul dans mon atelier, accablé de tableaux qui m'encombrent. Ils ne sont pas aboutis. Ils le seront bientôt. Ma mort leur apportera la touche finale. Aujourd'hui, je me repose, comme Dieu le dimanche, et puis j'entamerai tranquillement ma Genèse à rebours. Sept jours et puis j'éteindrai la lumière. Retourner vers le commencement. Retrouver l'obscurité totale. J'ai l'arme à portée de main. Un flingue qu'elle avait récupéré il y a des années. On le lui avait confié mais c'est moi qui en ferait usage. J'ai de quoi travailler encore un peu. La décision est tracée comme cette première ligne sur le mur de mon atelier : 7 jours.

« Toute l'œuvre faite était achevée et il se reposa. »

Le Deuxième Jour

Pourquoi notre héros veut se débarrasser du portrait,
et les conséquences de cette décision indigne

Le pont y mène. Le traverser et ne pas tomber cette fois. C'est de l'autre côté. Le tableau est juste en face. Le visage parle. De l'autre côté de la sonnerie. Sonnerie. Sur le pont, un portable. Le pont vibre et la sonnerie accélère. Son réveil. Déjà recommencé plusieurs fois. Déjà six heures trente. Il cherche à ouvrir ses paupières malgré la colle pâteuse qui les recouvre. Matière gluante, sans couleur et donc lourde, empêchant toute aube. Il fait beaucoup trop chaud et nuit peut-être, et la sonnerie est de plus en plus violente. Tendre le bras ne sert à rien. Il l'avait mis hors de portée, avec préméditation, pour le forcer à se sortir du lit et le guider vers la douche. Le volume grimpe à coups de pioches dans les tympans. C'est insupportable. Impossible même de le repérer. À quelques mètres probablement, sur le bureau. Bras et vision sont inutiles devant l'inadmissible. Il s'est trahi tout seul, fort de son expérience en lundi ennemi.

Hier soir s'est endormi d'un coup. Écrasé. Rêve dense qui s'efface au rythme du carillon électronique, agité de vibrations. Le rêve ne dit plus rien, le portrait y danse de loin. Il pense Réveil de merde – boulot de merde – impossible de sortir de ce lit – me porter malade. Il faudrait parvenir à éteindre ce réveil d'abord. Le matelas est bien trop chaleureux et il fait beaucoup trop froid là-dehors, hors de couette. Sa tête frotte contre le parfum haleine-grasse de son oreiller. Les draps l'emmêlent d'une façon lubrique comme un corps. Le corps de Max. Elle est à côté et il l'avait complètement oubliée. Son visage est éclairé d'une lumière pâle. Elle fixe son portable et roule son fil d'actu. Elle se réveille. Il n'a même pas rêvé d'elle et ses paupières refusent toujours de s'ouvrir entièrement. Ça colle. La fanfare du vieux portable s'accélère encore, plus vite, plus fort. Ses bips s'empêtrent. Elle se dégrafe de son petit écran et pose une main contre sa joue, le regarde. Elle est à poil. Lui aussi. La chaleur est accablante sous duvet. Il étouffe un peu. Ils se sont à peine parlé hier. Elle éteint son smartphone et le dépose sur le rebord de la fenêtre contre le lit. Un sourire, et sans rien lui dire, glisse sa main vers sa bite. Ses doigts rampent sur sa peau. La sonnerie est devenue une longue sirène insoutenable. Il a l'érection matinale et l'envie d'uriner mais il n'ose pas bouger. Il ne peut pas bouger. Des ongles enserrent son sexe. De l'autre main, elle saisit la sienne et l'installe sur son sein, trop volumineux pour sentir le moindre battement de cœur. Ils s'embrassent. Leurs respirations sont brûlantes et épaisses, mais les mêler les plonge dans de véritables arômes pétrissables. Leurs langues et jambes se lustrent. Le portable tombe du bureau après avoir bondi sous ses propres tremblements. Il se brise au sol et s'arrête enfin. Elle sourit et le branle doucement. Il se laisse faire. Se dit un instant qu'il ferait peut-être mieux d'aller pisser. Les bras s'étendent. Un craquement dans son épaule et sa main s'abaisse tout le long de ses hanches. Il envallonne ses fesses charnues, en fait lentement le tour et plaque bientôt sa paume contre ses lèvres. Ses doigts s'unissent, cyprinent et aspirent au rythme de son souffle dans son oreille. Tout son bas-ventre entre en cadence tandis qu'elle lui secoue la queue et l'approche doucement d'elle. Bientôt, il est entre ses cuisses et sa bouche lui fouille le cou. Elle mord, l'enserre, et la bite toujours en main, le guide en elle. Une tête s'enfonce, dégouline un filet de bave dans la chevelure. Une paire de jambes remonte jusque sur des épaules alors qu'ils s'enclavent en va-et-vient. Sans parole. Tendus vers.

Il sait qu'il n'aurait pas dû se laisser faire. Il a besoin d'une quinzaine de minutes pour se préparer. Il en a perdu vingt. Il a dû attendre qu'elle se prépare aussi.
« C'est nouveau ce tableau, non ? »
– Ouais.
– Tu l'as trouvé où ?
– Marché aux puces.
– Quand ?
– Hier.
– J'peux pas te dire si j'aime vraiment mais c'est bien que tu te décides à mettre quelque chose sur tes murs. Ils sont vraiment trop vides. Tu pourrais même le mettre sur la tache d'humidité pour la cacher. Je pense que ça ferait bien. C'est de qui ? Tu l'as trouvé dans la rue ou dans une boutique ? C'est d'un pote ? Ça change de ta bande de graffeurs. Cette nuit je me suis réveillée et j'ai eu l'impression qu'il nous regardait. J'ai failli me lever et le retourner et puis t'as fait un mouvement, comme si tu voulais m'en empêcher, comme si tu le regardais aussi. Et puis en fait tu dormais. Les yeux à moitié ouverts. On t'a déjà dit ça ? Que tu dors les yeux à moitié ouverts ?
– T'es prête ? Ça y est ? Max, putain j'suis à la bourre...

– Deux secondes !
– Grouille putain !

L'envie de fuir lui talonne la parole. Il se souvient vaguement avoir rêvé de la peinture et ne pas avoir trouvé ça bien agréable. Ça l'agace. Ni rêve ni cauchemar, comme dans une fièvre. C'est assez moche de la presser comme ça. Faudrait qu'il s'excuse. Faudra qu'il s'excuse, un peu plus tard. Pas par texto. Ça craint. Son sommeil a été plus agité qu'il n'aurait cru. Faudra changer le portrait de place et ne plus dormir devant. Au boulot maintenant. C'était assez moche de baiser comme ça. Comme s'il fallait expédier un truc, pas se donner le temps. Il ne sait même pas si elle a joui. Il sait qu'elle aurait menti s'il avait demandé. En retard. Comme d'habitude, en retard. Plus que d'habitude. Ce besoin de thunes qui le guide soudain. Sinon, il ne se lèverait plus, prodiguerait de lentes caresses, échangerait de longues paroles, se consacrerait entièrement à combler ses désirs, organiserait des révolutions magnifiques, se multiplierait et remplirait la terre d'êtres à leur image. L'ascenseur qui ne vient pas, un sourire triste posé sur lui. Son index martèle le bouton. Tristesse dans les lèvres en attente d'un baiser rassurant. Son visage est clos. C'est pas le moment pour parler : d'amour, de politique ou de météo. Encore quelques secondes avant que l'ascenseur n'arrive et puis quelques secondes dans l'ascenseur. Cage métallique dotée d'un miroir déformant. Ils se jettent quelques regards confus à travers les reflets maladroits de leur couple. Ils se jettent dans la rue et prennent deux directions après un rapide bécot. Plus rien d'autre à faire qu'allonger ses pas vers le boulot. Il a l'air grotesque, ses jambes se balançant vers la course tout en traînant une cheville gonflée, infidèle. Heureusement, il a la jambe longue et son corps commence à comprendre comment sautiller sur son mal. Il étend les bras et s'élance dans le froid matinal, poings et dents serrés, vérifiant l'heure toutes les trente secondes. Il trottine même. Monter la rue, vite la monter. À droite. Métro ou bus ? Bus et métro ? Courir. Impossible. D'habitude c'est le métro, mais peut-être une couille... Il marche toujours plus vite le long du trottoir et se retourne vers le haut de la route en quête du bus qui surgirait. Sa tête se tord à cent-quatre-vingt degrés tous les cinq mètres. Il pourrait gagner dix minutes. Quinze en courant, mais impensable aujourd'hui. Le bus ne vient pas. La station de vélo au bout de la rue. Prendre un vélo ? Il fixe son pied et se demande s'il peut lui faire confiance. Il boite. Et puis perdre du temps à la borne encore ? La bouche de métro approche. Pas de bus en vue. Sur l'écran devant le guichet, on ne signale pas de problème sur la voie... on nous souhaite une bonne journée. Vite, sauter le tourniquet. Tant pis pour le bus. Course dans les marches, les deux mains accrochées aux rambardes. Il manque de se fouler l'autre cheville en les descendant deux par deux. Il ne peut se tenir droit. La douleur commence à lui monter dans toute la jambe. Jeux d'épaules dans les couloirs. Il oscille à travers la foule matinale qui avance de façon plus ou moins pressée. Pas assez pour lui et deux autres silhouettes habiles qu'il talonne comme à travers tranchées, bancal. Mallettes, valises à roulettes : il enjambe. Tenez votre droite dans les couloirs. Tenez votre droite dans les escaliers mécaniques. Tenez votre droite, putain ! Le quai en haut de ces dernières marches. L'escalade. Une sonnerie. Plus que dix mètres. Les portes se ferment. Elles se ferment et le métro démarre devant lui. Il fallait qu'il démarre juste devant lui, essoufflé. T'es dans la merde, voilà. Le prochain dans huit minutes, c'est pas possible. Ça peut pas le faire. Huit minutes, sérieux ? Sortir prendre un taxi ? Ridicule. Huit minutes... On tombe dans les bouchons et il n'aura même pas de quoi le régler. Récupérer le bus ? Avec la chance qu'il a ce matin, il sera déjà loin à peine son nez dehors. Attendre. Le temps va rester là et lui aussi. Rien ne sert de lui courir après, il est déjà perdu. Perdu. Ce qu'il lui restera à faire, ça sera de clopiner à nouveau en sortant du métro. Arriver haletant. Mimer un peu d'asthme. Un accident voyageur. C'est ce qu'ils disent quand on se jette dessous. C'est ce qu'il lui dira, à la tête de con. C'est ce qui prend le plus de temps. Et voilà une solution : tu t'excuses, haletant, claudiquant, tête basse. La chevillère bien visible. La masser devant lui. Mais il l'avait déjà averti, le patron... Six minutes. Ça peut passer plus vite qu'il ne pense. Rester là tranquille et faire le chemin habituel. Un peu plus en retard. Sacrément en retard, c'est tout. Lire tranquillement en attendant, comme tous les matins. Où en est-il du bouquin ? Au milieu d'une page ? Il ne retrouvera jamais sa ligne. Il relit un paragraphe une dizaine de fois jusqu'à ce que la rame de métro débarque. Rien compris. Métro bondé évidemment, les corps encastrés les uns dans les autres. Il y entre en trombe, sifflant comme un méchant animal, les sourcils froncés, les yeux acérés pour dévisager violemment ces inconnus trop nombreux. Ils se sont trop multipliés. On s'est beaucoup trop multiplié. On est allé trop loin dans la reproduction. Il y en a qui auraient mieux fait de se faire vasectomiser. Moi le premier, je pourrai montrer l'exemple. Il y en a qui auraient mieux fait de ne pas se lever.

* * *

Plus de boulot. Plus de thunes. Rien ne va plus. Tout va bien à bord, le bateau coule. Le mauvais œil sur moi. « Plus la peine de revenir. » Quel gros bâtard. C'est lui la peine. J'ai faim mais plus de thunes. Ça devait arriver maintenant : carte refusée en caisse. Si seulement j'avais encore les cinquante balles... Comment répondre au sourire gêné de la caissière ? Ils vont bien prendre leur temps pour m'envoyer ce qu'ils me doivent, à la compta. Même pas vingt balles en poche, juste un vieux KitKat chouré par réflexe. Tout ça à cause du visage. Portrait maudit. Pas pu dormir à cause de lui. C'est depuis que je l'ai que je suis dans la merde. Il me porte l'œil. Rien à faire. Le déchirer avec le couteau ? Laisse le couteau là où il est, espèce d'abruti... Le jeter ? Le vendre ? Personne n'en voudra. Cinquante balles foutues en l'air. Cinquante balles par la fenêtre. Où aller maintenant ? J'aurais pu rester peinard finalement. J'aurais pu rester au pieu avec Max. Prendre un café avec elle. Parler et rire ensemble. Baiser, encore. Dormir. Se foutre devant une série. Me faut de la thune, j'ai faim, je mangerais un bœuf plutôt que ce KitKat à la con. À qui taper vingt balles ? Inconcevable d'appeler la madre à l'aide, même pour dépanne, et tout le monde est fauché déjà. Tout le monde ne parle que de ça J'suis fauché en ce moment ! Braquer un truc façon Action Directe ? C'est plus possible aujourd'hui, franchement... Autant braquer une mine de crypto. Je pourrais aller chez mon proprio, forcer sa porte et trouver sa planque ? Tout le monde sait qu'il a des liasses de cash quelque part dans un double-fond de placard... rien que d'imaginer l'odeur de sa piaule ça me dégoûte. Bordel de merde... J'ai donc aucune imagination ? Faut que je fasse comme ils ont dit au bistro... que je retrouve le peintre, lui refourguer sa croûte. Comment ils ont dit déjà ? Le grand con de barbouilleur ? Ça aura sûrement plus de valeur pour lui que pour moi. Il est sûrement riche. C'est pas vraiment un truc de prolo, la peinture. J'ai toute la journée pour lui mettre la main dessus, et si c'est pas possible, la mettre au clou, sur le Bon Coin. Je vais mettre plein de trucs sur le Bon Coin, ça fera de la place. Paraît qu'il serait malade ? J'espère qu'il est pas encore crevé. Du temps perdu tout ça. Qu'est-ce que tu te mets encore en tête, gros débile ? Ridicule. Récupérer au moins cinquante balles et acheter cinquante balles de pâtes. T'es ridicule. Mais ça me fera tenir deux mois, facile. Comment je fais maintenant ? Pas rentrer, non. Je vais retourner aux puces. Tu vas retourner aux puces. C'est encore ouvert aujourd'hui. Tant mieux. Tout était trop plein hier. Plus ça se vide, et plus ça me fait du bien. Retrouver les poivrots du café, la brocanteuse, un service après-vente, n'importe qui pourvu qu'on m'aide à retrouver un billet de cinquante. Je me sentirai quitte si j'en trouve un par terre – surveille les bords de murs, le caniveau, provoque ta chance. Il est trop tôt encore. Boulot de merde. J'ai bien fait de me casser. J'aurais très bien pu démissionner de toute manière. Marre de vendre des trucs dont personne n'a besoin. Créer de la demande. Pas à la hauteur de la demande. Ils sont marrants. C'est tout ce qu'on fait. Pas mieux qu'un dealer. Même chose. Partout la même chose, mais sous-payé. Il pourra s'organiser avec le groupe et faire sauter la boutique. Péter leurs vitres. Crever les pneus du scooter trois roues du patron. Arrêter de me fatiguer d'ennuis. Ne plus me fatiguer. Voilà, c'est bon, c'est fait, c'est décidé. J'en ai fini avec la fatigue.

La colère monte. La foule le révolte dans toute sa banalité. Il marche dans la rue et croit remonter à contre-courant un banc de poissons ayant hâte de se jeter dans un filet de pêche. Tout est si normal alors que rien ne va plus. Des flics contrôlent un type au bout de la rue. Impossible de faire demi-tour au milieu du trottoir. Il frémit et puis les dépasse sans être inquiété. Un ricanement s'échappe – il a honte de lui, d'être là, coincé dans une paranoïa sans fondement. L'idée de l'action nocturne s'incruste à nouveau dans tout son corps. Il marche dans les beaux quartiers avec le seum qui fait peur aux riches. Il voudrait se venger sur le premier passant venu. Celui qui le bousculerait sans faire attention. Boum, une droite dans le bide, une gauche sous le menton. L'homme, belle merde. Tous captifs. Au moins, ils vont pas bouffer des pâtes pendant un mois, eux. Des schlags et des schlags et on ne peut plus les compter. Il n'y a que le premier pas qui coûte. Il y a une fin à tout. Il suffit d'avoir plusieurs cordes à son cou. Même les bons vieux proverbes et punchlines glissent et ne l'aident plus. Va falloir réussir à tricher un peu pour mettre du beurre dans les épinards. La triche, y'en a des modèles partout autour. Ce qui nous différencie des grands animaux, c'est pas tellement le rire, c'est qu'on triche tout le temps.

Il remonte la foule et se rend compte combien nager à contre-courant est inutile. Il est jaloux de ceux qui sont pris dans un quotidien tranquille, un poil stressant : où le prêt à la banque pour la voiture hybride est sur trois ans ; où les fins de mois difficiles sont celles où l'on se dit qu'on attendra la semaine prochaine pour aller au resto ; où le patron demande de bosser un peu plus tard ce mois-ci mais promet une prime assez coquette pour que les prochaines vacances avec les gosses soient réussies. Il voudrait retourner le seum et savoir les dominer. Pouvoir les prendre de haut. Du haut de sa position de plus en plus marginale. Au moins lui, il a réussi à voir et mépriser les conforts d'une société qui entretient ses autodestructions. Ces conforts qui niquent la planète, les générations futures, les possibilités d'émancipation et les réelles interactions sociales. Parfois, il voudrait sauver la terre ; parfois, il voudrait la voir brûler. Il voudrait surtout se venger, tout de suite, et briser ces filets, observer la cohue s'éparpiller dans une panique générale. Lui avec.

« Moi je vois qui tu cherches. Je n'en vois pas cinq cents des peintres dans le quartier. Comment tu pourrais le reconnaître ? Je sais pas... Paraîtrait qu'il est malade en ce moment. C'est peut-être rapport à sa femme... Pas facile pour lui... Et donc je sais pas, je dirais qu'il a autour de soixante-dix ans, même pas, peut-être. Quand je le vois, c'est au bistro, avec les autres habitués. Pour picoler, ça, ça picole ! Il m'a dit un jour qu'il avait essayé d'arrêter de boire. Ha ! Sa main s'était mise à trembler, tu m'étonnes... C'était plus possible avec un pinceau, t'imagines bien. Alors il m'a dit, plus tard, que par conscience professionnelle, il a dû y replonger. C'est quelqu'un avec qui on a des rires tristes, tu vois, déprimants. Il a une façon de te parler... Pas mal du tout... Et je m'y connais, je suis comédien ! Bon ok, j'abrège... Là tu prends au carrefour à droite, la petite ruelle à gauche, et puis à un moment, il y a comme un terrain vague. En fait, c'est un cimetière. Tu le longes et tu vas tomber sur son atelier. Une vieille maison ouvrière en fait, au milieu des tours. C'est pas très grand. Hésite pas à demander encore en chemin. C'est pas facile dans ce coin, même quand on connaît un peu. »

Plus j'avance et plus les rues se vident. Je me sens faiblir à chaque pas. Mon ventre me gêne. J'ai la sale impression de le voir gonfler sous mon t-shirt. De le voir grossir. Faudrait maigrir et ce projet de pâtes n'est pas si mal finalement. Ça me fera reprendre la ligne. J'ai trop bouffé ces derniers temps. J'ai trop bu aussi. C'est les bières aussi. La petite route est juste là. J'ai eu de la chance de tomber sur ce type. On me l'avait indiqué comme un genre de concierge de la rue. Un annuaire humain du quartier vissé à la terrasse du bar-tabac. Mais bizarre qu'il ait été aussi bavard. Les inconnus, ça parle pas autant d'habitude. Un comédien, tu m'étonnes. Dès qu'il a compris qui je cherchais, dès que j'ai vu sa bouche s'ouvrir, j'ai tout de suite regretté d'avoir demandé. Des traces de tabac entre les dents. Faut pas trop les écouter, ceux qui ont l'émail noirci. C'est pas très sain. Ils savent pas quand s'arrêter. Peut-être que c'est une fausse direction qu'il m'a donné. Pas de terrain vague. Pas de cimetière. T'as des gens comme ça qui se foutent de ta gueule parce qu'ils ont rien d'autre à branler. Il a vu que je galérais à chercher un fantôme et il s'est dit qu'il m'aiderait à creuser. Alors le peintre serait déprimant ? C'est le comédien qu'avait l'air déprimé. Un déprimé voit sa dépression partout, et souvent sur les autres. Ça coule visqueux. Devait vraiment être dépressif le mec à me parler autant. C'est pas normal. Pourquoi j'aurais besoin de connaître les soucis de boisson du vieux peintre ? Complètement fêlé à me baratiner sur le vocabulaire du barbouilleur. Qu'il barbouille sur des toiles ou qu'il barbouille dans sa barbe, qu'est-ce que j'en ai à foutre ? Qu'est-ce que je fais ? Comment j'ai pu croire que j'allais tomber sur cinquante balles comme ça ? Ça me casse les couilles. Pas de cimetière. Y'a personne dans ce quartier, c'est pas possible.

« Vous savez jeune homme, si je le connais au peintre, c'est difficile... moi je connais plus sa réputation que son intimité, comme tout le monde. On le voit passer, c'est tout. Toujours dans le vague, c'est tout. On dit qu'y va se tuer un jour. Qu'y note dans un carnet combien de temps il se laisse avant de se tuer. Qu'y provoque les accidents. C'est pas vraiment un accident si c'est provoqué, si ? Quand il est pas dans son atelier à travailler, on le voit prendre un petit kawa, manger un chouïa, boire l'alcool... de moins en moins. Il déambule et parle tout seul. Il murmure du charabia pour lui-même. Peut-être qu'il est sénile avant l'heure, qui sait ? Parce qu'il est pas si vieux. Y doit avoir mon âge à tout casser ! Et j'y suis pas encore à la retraite ! Mais à force d'avoir poussé les choses... Pas si vieux, non ! On a le visage qu'on mérite quand on vieillit. On dit ça. Ça fait longtemps qu'on le voit plus traîner autour. Il aime pas qu'on traîne autour. T'y veux quoi ? »

Il aura mis longtemps à trouver l'atelier. Fallait monter pour avoir une chance de tomber dessus. Traverser une partie du cimetière, en sortir, monter encore un peu et ça se tient là. Un porche étroit encerclé de barres et tours d'immeubles. Une petite parcelle quasi-insalubre ayant échappé aux constructions fonctionnelles. Une architecture bancale de dessin d'enfant au milieu d'un espace urbain saturé. La porte est là devant lui. Pas de sonnette. Il est encore tôt. Peut-être un peu trop. D'un coup, il ne sait même plus ce qu'il fait là. Ce qu'il va lui dire. Une gêne lui monte aux joues. Faire la quête à un type qui vit là-dedans semble tout à coup complètement dérisoire. C'est qu'un atelier après tout. Il a peut-être une grosse baraque dans la banlieue ouest. J'en sais rien. J'ai l'air con. Le porte à porte, c'est vraiment pas mon truc. Espèce de clochard... Je lève le bras et le laisse tomber. Je le lève et le tombe... Un cliquetis à l'intérieur. Comme si l'on avait mis un coup de pied dans une boîte de conserve. Il y a quelqu'un en tout cas. Un mec qui passe. Je vais demander encore, on sait jamais. Au moins je m'éloignerai un peu.

« Ouais, c'est ça, chez le peintre, t'es devant. La porte blanche là, à deux mètres, même pas. Bon voisin, la vérité. T'as pas une clope, dis ? Ah vas-y, c'est pas grave, t'inquiète cousin. Passe le bonjour au chef pour moi. »

Retourner devant la porte. Lever la main et frapper. J'ai frappé et des pas s'approchent et la porte s'ouvre en bourrasque. Les épaules sont immenses et le corps massif. Il est plus petit que moi pourtant. Pas l'air malade du tout. Le crâne est rasé, pelé sur ses yeux, mais sa barbe est comme bleutée. Blanche, j'en sais rien. Une tronche d'épouvantail. Ses yeux me fixent sans m'interroger. Pas de surprise.
« Vous tombez mal. J'allais sortir. »

Son regard s'illumine et d'un sourire, il découvre des dents longues et abîmées. Du plomb et des fissures. Ses yeux sont ceux d'un boucher, comme épilés. Un air cannibale. Il l'a écouté balbutier avec surprise. Soudain heureux. Il devait s'attendre à un marchand de tapis et s'il ne leur achète jamais rien, il ne leur ferme jamais la porte sur la gueule non plus. Mais là, c'est un autre client qui se ramène. Ça ouvre la curiosité :
« Vous avez acheté une de mes toiles ? Haha ! Ça fait longtemps que j'expose plus rien à personne alors je sais pas où vous avez trouvé ça... Mais ça se fête ! Généralement, ça se fête un truc comme ça ! D'habitude, j'essaie de pas trop me montrer. J'ai mis toute une vie à comprendre que ce qui m'empêchait de travailler correctement, c'était l'alcool et la compagnie. J'ai passé toute ma vie à chercher à m'abrutir avec de l'alcool ou de la compagnie, comprenez ? Se mettre à travailler... je veux dire : peindre... on n'imagine pas combien ça tue... C'est terrible... On n'imagine pas ce que j'ai pu faire pour l'éviter... Mais maintenant que vous m'imposez votre présence, j'ai encore assez de bonnes manières pour accepter de vous recevoir. Vous buvez quoi ?
– Rien pour l'instant...
– Eh bien ça sera du pastis alors ! Suivez-moi, vous m'accompagnerez jusqu'au supermarché. C'est pas loin. Vous auriez pas croisé ma femme par hasard... ? Bah, oubliez, je veux pas savoir. Elle a bien fait de se casser. Je voulais juste m'acheter du pain... Je voulais retrouver ma femme aussi... Et puis, ça me fatigue de lui courir après. Et puis je cours pas, je m'enfouis! Alors je me suis dit qu'un pain suffirait à justifier ma petite sortie. Elle reviendra plus tard. Vous l'avez vue passer, j'en suis sûr, mais vous savez quoi ? Rien à foutre ! J'ai des

sardines... Mais maintenant que vous êtes là, je vais en profiter. Allons bouffer autre chose ! Je vous invite !
– Je veux surtout pas vous déranger et puis c'est pas long...
– Vous êtes pressé ?
– Pas vraiment mais...
– Donc vous n'allez pas refuser de déjeuner avec moi. Ma femme vient de partir, je suis tout seul. Ça peut durer des jours ! Vous êtes venu me chercher et c'est l'heure. J'ai rien chez moi alors on va remplir un sac de courses et je vais nous préparer quelque chose. Et puis vous tombez bien. De un : si vous avez acheté une de mes toiles, vous devez pas être trop con question esthétique, on peut parler. De deux : je m'en sors pas avec le travail en ce moment, alors c'est une aubaine d'avoir à m'occuper de vous, ça fera passer le temps et j'en ai plus beaucoup. De trois : j'en peux plus des sardines ! Je me force à ne bouffer que ça depuis trop longtemps. Ça sera toujours ça de gagné avant d'y retourner ! Au turbin et aux sardines ! Marre ! Donc soyez pas si soucieux ! Détente ! Vous boitez ? C'est sérieux ? Ça a pas l'air, mais faut prendre soin des guibolles, c'est important. Les guibolles et les dents. Vous avez l'air d'avoir besoin de repos et d'une bonne bouffe. Faites plaisir à un vieil homme, laissez-vous inviter ! Dites-moi tout !
– Bon... Donc j'ai ce visage... Un portrait... Mais...
– Ah ? Merde ! Je vous arrête tout de suite ! J'ai jamais peint un seul portrait ! Doit y avoir erreur, c'est dommage... Ou alors... Laissez-moi réfléchir... C'est bien possible que vous ayez trouvé un de mes vieux tableaux... Un très vieux alors. J'ai plus le souvenir de chacune des croûtes qui me sont passées dans le pinceau ! Un visage c'est bien possible malgré tout...

Mais ça m'étonne quand même un peu. Faudra me l'apporter que j'y jette un œil ! Possible en fait... J'ai toujours préféré peindre ce qui ne raconte rien et ne représente rien d'autre que de la peinture. Du mouvement. Le corps du mouvement. C'est tout. C'est tout ! Pas d'histoires ! Personne pour dire : Ah ! alors là c'était Machine qu'il avait fait poser nue et alors elle était tombée enceinte et alors elle est morte en couche avec le bébé et il en a fait un portrait mélancolique ! ou bien : ça c'est un portrait du notaire Machin Chouette dans lequel il est parvenu à piéger son âme en révélant sa part diabolique. Ou encore : là il a glissé sur une peau de banane et ça a fait une tache incroyable qui a fait flamber les cours du marché. Ce genre d'histoire, ça m'emmerde. Si je peignais pour raconter des histoires, ou pour qu'on raconte des histoires, je ferai du conceptuel ou des scénars pour la télé. Non, on peut pas parler de portrait. Pas possible. Je supporte pas ça. »

Oh putain il va me faire chier à jouer sur les mots ? On dirait qu'il a parlé à personne depuis des plombes et que ça va être à moi de me taper tout le zbeul verbal retenu pendant tout ce temps. Qu'est-ce qu'ils ont les gens aujourd'hui à vouloir se confier à moi sous prétexte que je demande quelque chose ? J'entends déjà plus ce qu'il raconte. Faudrait que je l'amène doucement vers la question de la thune. Mais c'est pas trop mal cette idée de bonne bouffe. C'est carré, j'avoue. J'ai besoin de m'arrêter un peu, me remplir le ventre et penser à autre chose. Personne n'aura l'idée de venir me déranger là. Je peux mettre de côté ma parano de proprio, de police et d'amnésie. La clim des supermarchés est beaucoup trop violente. Le vigile nous jette un drôle de regard.

Moralisateur, intrigué et suspicieux. Du genre à nous voir gigolo accompagné de son vieux dégueulasse. C'est si douteux que ça qu'il soit avec un jeune pour faire ses courses ? Qu'il parle autant ? Tant qu'il me pose pas de question, je suis peinard. Il attrape légumes, viandes, bouteilles de pinard et de pastis... C'est tôt pour un pastis ? Ça m'a pas l'air trop mal ce qu'il va cuisiner. Ça sera toujours ça de gagné. Il a bien dit qu'il invitait ? Bien envie de picoler. Tant qu'il me pose pas de questions, je peux écouter son baratin et ses mythos, ça devrait l'amadouer quand viendra mon tour de lui raconter mes merdes. Paraît qu'ils aiment ça les vieux. Un peu de drague et hop, il aura légèrement pitié. Hop, il m'enverra chercher le tableau et submergé par l'émotion, il me donnera mille balles. Deux milles pour la toile prodigue ! Tout ce qu'il a en banque. Parce que cette histoire de sardines, ça prouve qu'une chose : c'est une pince, il est radin. Il paye des impôts de ouf. Il a une maison sur la côte et des Picasso à ne plus savoir quoi en faire. Il me donnera un Picasso en échange de son visage et je l'entends déjà me dire : « Tiens, Pablo me l'avait donné avant qu'il ne meure et c'est à toi que cela revient maintenant. » Alors à moi le pognon ! À moi la caille ! Vends-lui du sourire ! Il paye quarante-cinq balles de courses sans broncher, même après les promos du jour, et il a une carte bleue qui marche, lui ! Acquiesce, oui, oui, oui, très intéressant tout ça. Mets-le dans ta poche, ce millionnaire !

* * *

La première chose que le peintre fait en entrant dans l'atelier est de recouvrir ce qui semble être une peinture en cours d'élaboration. Rien de stable ne se présente à l'œil. Un bordel pas possible et pourtant, difficile de faire plus vide. Entrer dans cet atelier, c'est être introduit dans un espace où l'air se fait mince mais dont les brouillons gardent encore les traces de gestes graves. Ça pique le renfermé. Le parquet témoigne d'un chaos coloré qui a tourné au sombre à force de piétinements. Les murs concentrent une odeur forte, littéralement enivrante, comme aspergés d'enduits alcoolisés. Après quelques minutes seulement au milieu de ces poisons, la cervelle semble macérer et s'amollir. Du rebond. Empreintes de regards plus ou moins louches, peaux plus ou moins crevassées. Les murs dansent tant ils ont été emplis de mouvements et de recherches pigmentées. Par la fenêtre, des arbres balancent leurs branches dans des torsions silencieuses et sévères, comme nues. D'ailleurs, malgré la chaleur estivale, le peintre a le corps engoncé dans une couche impressionnante de vêtements. La cigarette dans sa main lui a tatoué son jaune nicotine autour des ongles. Une trace noirâtre indique qu'il était en train de travailler avant de sortir et qu'il n'a pas eu le temps de bien se les récurer. Ou bien qu'il ne les a pas lavés du tout. Peut-être depuis plusieurs jours.

Dans un coin, discrète, une sorte de petite table, recouverte d'un drap lourd et d'ustensiles. Et puis la chambre, tout contre. On n'aperçoit pas grand-chose. Rien qu'un lit, dans un style ancien, faisant face à une armoire aux portes cassées. Une garde-robe miteuse. Il a sorti des verres d'une boîte en carton. On aurait pu croire à une pendaison de crémaillère, une soirée concluant un déménagement de plusieurs années. Le bouchon du pastis est arraché. Il a dit : « Bienvenue chez moi ! »

Toutes les toiles sont retournées contre le mur. Et ça le fait rire. Elles sont empilées les unes contre les autres, prenant une place monstrueuse – un défilé de cadres clairs ou obscurs, carcasses en déconstruction, aux bois difformes, donnant un air rachitique à la pièce. L'impression de démembrement est saisissante. On avance dans cet étroit foutoir en biais, comme on glisserait sa main sous la chemise d'un squelette pour lui caresser les côtes, basculant ses doigts d'une branche à l'autre. Les poumons se chargent de chimies, et tout les encourage à en suivre les volutes d'asthmes. Son étrange ricanement parvient à travers l'air bleuâtre et rare... comme installé au creux d'un brouillard ironique : aucune fumée cependant, même si la pièce est imbibée d'une odeur de tabac et de diluant renversé, brûlant la gorge. Les pinceaux gisent dans la saleté de leurs pots en prenant la pose de cadavres après quelque bataille. Certains sont scalpés, leurs chevelures pendent lamentablement à leurs pieds. D'autres, brisés par le combat, attendent d'être jetés dans une fosse commune, silencieuse et puante. Les survivants ont vieilli prématurément et affichent des rides profondes ou des débuts de calvitie. Des estropiés tiennent leurs corps calcinés et gueules cassées dans un bain de boue. Tous ont joué leur rôle dans cette guerre grasse.

Faut que je lui explique mon problème de thunes. La bouffe est bonne même si j'ai nettoyé discrètement, avec ma propre salive, les couverts qu'il m'a tendus sans arrêter son monologue. Pas étonnant que sa femme soit

partie prendre l'air vu ce qu'il débite en conneries. Je me demande s'il n'a pas déjà grillé le but de ma présence. Il se doute peut-être de quelque chose. Il doit se dire que je reste pour lui piquer un truc. Pour trouver où il planque sa kichta. Mais comment pourrait-il s'en rendre compte ? Mes regards alentours, mes inquiétudes devant toutes les saloperies poussiéreuses accumulées... Il continue son monologue. Tant mieux. J'ai perdu le fil. Il répète un truc :
« Trouvez pas ça insupportable quand on s'adresse à vous avec pitié ? » Il attend que j'acquiesce, encore. Mâche. On parle pas la bouche pleine. « Quand on vous demande si vous manquez de rien, voyez ? "*Vous avez besoin de quelque chose ?*" Du mépris, voilà. Du paternalisme bienveillant qui tapote dans le dos. Y'a rien de plus méprisant que de la pitié. »
Oui, oui, oui, acquiesce. Remue la tête. De haut en bas.
« J'en ai pris dans la gueule des remarques parce que soi-disant je vis pas selon les normes. Ils mettent leur tampon "artiste" et puis c'est réglé. » Il appuie avec dégoût : « *arrtiste, ar-tisste*, c'est stupide comme mot, trouvez pas ? Si. C'est idiot, voilà. »
Il est con. Complètement con mais je crois que ça commence à m'amuser. Ça fait longtemps que j'ai pas écouté quelqu'un y aller de ses propres définitions de tel ou tel mot. Si tout le monde s'y mettait, on n'en finirait pas. Moi je vais te dire ce que ça veut dire le bonheur et moi je vais te dire ce que ça veut dire la liberté et moi je vais te dire ce que ça veut dire la merde. J'ai accepté depuis longtemps que les mots soient vides de sens. Qu'ils aient été essorés jusqu'à la moelle par l'enfer moderne, les novlangues réactionnaires ou progressisites, les mensonges banalisés. S'appuyer dessus, c'est se condamner

au seum, à vivre choqué et déçu. Mais lui, faut bien l'avouer, il a quelque chose de drôle dans la bagarre inutile. Faut juste espérer qu'il ne fasse pas appel à mon avis. Y'aurait rien de pire que d'avoir à donner mon avis. Ça me figerait. Je ferai tomber un truc ou renverserai mon verre. Il y a une théorie qui dit que quand quelqu'un renverse son verre en soirée, c'est qu'il s'apprêtait à dire une connerie. Ça m'arrive tout le temps. Il m'a même pas demandé comment je m'appelais. Tant mieux. Faudra encore inventer un truc. Alonso. C'est pas mal Alonso. C'est espagnol mais ça passe, j'avais un pote qui s'appelait Alonso. Il est retourné en Martinique maintenant. Mais le grand peintre. Pas si grand d'ailleurs. Une grande bouche. Je pense que s'il essayait de me faire intervenir dans son dico intime je pourrais me lever et sortir. Me casser illico. Mais ça va. On se calme. C'est gratuit, j'en profite. J'ai pas encore envie qu'il se taise. Encore moins envie qu'il me vire... même si ça pourrait venir. Ça pourrait très bien me prendre au corps. Le faire taire d'un coup et lui dire de me filer cinquante balles et qu'on n'en parle plus. Partir en scred avec son portefeuille et la carte bleue qui marche. Faut pas que je fasse ça, non. Mais faut que je fasse quelque chose. Me donner l'air impliqué. Lui demander un truc. Contre la table. La toile retournée la plus proche. Lui demander si je peux y jeter un œil. Il changera de sujet au moins. Il arrêtera de me parler des mots qu'il aime ou de ceux qu'il ne supporte pas. Le litre de pastis est déjà à moitié vide et une bouteille de rouge a été ouverte.

L'air grave, il se lève et se dirige à l'opposé de la toile désignée au hasard. Un lézard traverse la pièce. Pas fréquent d'en voir en ville. Le peintre manque de l'écraser. Sa démarche est lourde, comme s'il se jetait en avant. Chacun de ses pas soulève un léger souffle de poussière entre les lignes du parquet. Il traverse la pièce et attrape un torchon avec lequel il essuie ses mains pleines de sauce. Il dépose le torchon sur un dossier de chaise, parcourt à nouveau la pièce et attrape le tableau en le jetant légèrement en l'air, puis le pose sur ses genoux en s'asseyant. Il l'observe d'un œil suspicieux, incapable de se décider à le retourner pour le montrer au jeune homme assis devant lui. Un temps passe à observer le tableau et son invité en attente. Ses yeux roulent de l'un à l'autre. Il se penche, lui sert un nouveau verre de vin et jauge la bouteille. Mais ce qu'il juge réellement, c'est l'ivresse. Savoir si le jeune nigaud a assez bu. S'il est assez soûl pour bien regarder la toile. Il la pose brutalement sur son assiette et la scrute en silence, hésitant toujours à lui montrer.

Battement de couleurs comme autant de points d'exclamation. Mouvements de mains et de doigts apparents. Des boucles interrogatives de brouillons encore visibles sous la version finale. Deux yeux couverts de vernis. Une myriade de petits points tenant en suspension des désordres vers lesquels se tendre. Ça dessine sa violence dans le fond des pupilles. Une épaule. Ça convulse. Orbites pénétrées. Ils s'enfoncent dans le regard
devenu fou
parce qu'obstrué par l'ensemble de cette toile, posée au milieu des restes de son assiette. Il la retourne alors brutalement vers son hôte et la fourre dans ses bras. La bouteille de vin est renversée et aucun effort n'est fait pour l'en empêcher. « Voilà le dessert ! » annonce-t-il en riant.

Les deux coudes posés sur la table, il dresse un doigt professoral : « Est-ce que tu sais seulement comment regarder une toile ? » Il vide le verre qu'il venait à peine de se remplir et termine la bouteille dans celui de l'autre, se dresse soudain, et faisant le tour de la pièce, commence à retourner chacun des châssis. L'atelier s'éclaire, s'agite. Le doigt tourbillonne : « Écoute ! Il faut déjà savoir écouter ! La bannière de cris sur les toiles paraît bien bruyante malgré leur enfermement, non ? N'importe qui te dira que tout est figé... alors que ça grogne ! Ça m'a déjà mordu ! »
Un océan submerge la pièce. Ses bras font des moulinets. Rien n'est sûr, une autre bouteille de vin s'est ouverte en passant d'une peinture à l'autre. Il tape sur les toiles comme sur des tambourins et les jette sur la table. Tous deux sont soûls, mais l'un bondit et sautille quand l'autre reste affalé dans sa chaise, se laissant écraser petit à petit par le soliloque et les cadres. Tous deux sont pris au jeu d'une discussion de salon, d'inconnus se mesurant depuis la parole. Frénétique, il accroche des peintures aux murs, en pose d'autres sur les boîtes, les meubles, les chaises, les genoux d'Alonso dont les lèvres sont devenues bleu vinasse. Elles bousculent les pots et camouflent le bordel premier. Le vieillard construit un décor pour lequel il improvise une pièce, encouragé par le public :
« Alors voilà ! Je ne te poserai aucune question, ne t'inquiète pas !
– C'est impressionnant... je saurais pas quoi dire d'autre de toute façon...
– Une belle toile, ça doit être une plage, continue-t-il sans même l'écouter, en ouvrant des placards et en sortant toujours plus de tableaux, de toutes tailles. La

sensation d'une mer qui gronde, de vagues qui tombent, d'un vent marin qui vrombit et gargouille. Il faut que ça inonde ! »

Il va dans sa chambre et en ramène plus encore, de sous son lit jusqu'aux fonds de tiroirs : « Surtout, du sable. Des milliards de grains de sables. Un vertige de grains de sable qui sont autant d'heures passées à voir, penser, travailler, macérer... Autant de coups de pinceaux effacés, élancés, écrasés pour que – sans qu'il ne s'en rende compte – le corps de celui qui va y faire face s'y enfonce doucement, tendrement... et s'y étouffe. »

Le peintre ne tient plus en place, il bave un peu comme la bouteille renversée et s'essuie du revers de la manche. Il ne s'attendait pas à mettre en scène ses peintures et son charabia. Il sait déjà qu'une fois l'alcool dissipé, il détestera repenser à cette séance où le théâtre avait pris le pas sur la peinture et ses silences. Empli de vin, il veut briser ces immobiles et y mettre du ressac. Ne pas arrêter de parler. Être effrayant. Tout lui montrer. Effrayer le gamin et le chasser d'ici en le jetant dans son délire. Il ne sait plus ce qu'il pense ou dit. La métaphore marine l'a emporté. Le spectacle est lancé. Il voltige entre ses toiles. Mime les mouvements qu'il y a mis. S'y bat ou nage avec panache. On ne sait plus ce qu'il faut voir, entendre. Une eau fumante l'a recouvert, mettant la sève de ses veines et de sa voix en ébullition, l'infestant de requins aux mâchoires vicieuses, aux dents démultipliées et métalliques, encadrées par ces énormes gencives roses comme les joues d'un enfant qui aurait trop couru dans un va-et-vient de dunes. Les roulis des vagues se sont enchaînés. Il ne s'arrête plus de discourir et d'embrasser ses toiles : « Et tout cela et bien plus encore ! Je parle de cette mosaïque de mers en

mouvement qui compose, le temps d'un instant, notre propre imaginaire ! Qui l'envahit sans lui laisser d'espace pour s'en aller ! »
Il n'est plus que ballotté, poussé vers, déployé vers – un corps qui se gonfle en entraînant sa riche cargaison d'êtres, d'ors et de souvenirs. Une quinte de toux l'interrompt au milieu d'une phrase, et son larynx essuie un reflux d'acide.
Il s'écroule dans son large fauteuil et attrape un nouveau cadre, au hasard, sans même vraiment le regarder :
« Elle est là, la puissance du sable. L'énergie du sable. Comme un miroir attendant quelque chose à refléter qui en vaille la peine, qui céderait à une fureur venue du bout du monde, du bout de soi ! C'est cette multitude de rives où l'on échoue après avoir frôlé la noyade… T'as senti ? Des courants glacés qui nous attrapent les jambes, les paralysent tout en étouffant nos appels. Cet atelier est mon navire, mais il coule et moi avec ! »
La pièce s'emplit de ses cris. Il frappe du poing la toile posée devant lui à mesure qu'il y enfonce son discours :
« Ce moment où l'on se retrouve sauf, le corps à moitié enfoncé dans le sable d'une nouvelle rive. Ce qui prendrait la suite d'une révolution efficace. Alors et seulement alors, tu peux arracher ton regard de cet espace ouvert dans un cadre. Et tu quittes cette peinture en titubant, pensant déjà à ta prochaine noyade, ta prochaine balade qui t'apportera cet air d'ailleurs. Ce vent avec lequel tu as bien voulu danser, du moins au début, avant qu'il ne te laisse là. Plus riche qu'auparavant car entièrement *dépouillé*. »

* * *

« Viens, on va se balader ! » Aller prendre l'air. Pas possible de rester plus longtemps dans cette cage. Il a raison. Laisse-toi entraîner, au point où t'en es. Les odeurs sont trop fortes. Je respire plus. Je perds des neurones à chaque inspiration. Le type est fou. À vivre là-dedans, pas étonnant. Incroyable de jacter autant. Pourquoi tu restes alors ? Insupportable, mais ça me fascine. Autant de premier degré dans le discours, c'est pas commun. Tu t'amuses, avoue ! Pensais pas que quelques peintures puissent autant me remplir le foie. Heureusement qu'il me traîne dehors. Aucune envie de retourner chez moi. Pas envie de rentrer bredouille. Ah putain, ça fait du bien de sortir de là ! Retrouver la terre ferme ! L'air est frais ! C'est merveilleux ! Soûl en début d'après-midi ! Une bouteille de pastis ! Je pourrais le suivre longtemps ce bouffon ! On peut dire que ça commence bien ce lundi. Le portable vibre. Messagerie, appel manqué sans message. Max a essayé de m'appeler y'a pas longtemps. M'en suis pas aperçu. Un appel en absence. Elle a dû oublier un truc à l'appart ce matin. Le peintre est enfin silencieux et marche lentement. Tant mieux, j'aurai pas à forcer sur la cheville. Personne dans les rues. Je suis trop soûl pour distinguer vraiment.

Sans qu'il ne s'en rende réellement compte, les peintures remuent dans son ventre. L'impression qu'elles se trouvent toutes en digestion, y dansent. Leur violente précision donne vie à une confusion cathartique, à ce que l'on cherche au fond du vin. Ils avancent en silence,

tous deux fixés sur leur ivresse et les pensées branlantes qui y naissent. Il voudrait entourer de son bras les épaules de ce petit vieux fou. Qu'ils marchent de concert, se soutenant l'ébriété. Un bon petit vieux. Un bon compagnon de boisson, c'est clair. Il pourrait l'appeler Capitaine. Mais il parle trop. Comme un mauvais écrivain qui parle plus qu'il n'écrit. N'empêche que ses peintures fonctionnent. Elles imbibent. Il peint pour retourner les puits et leur donner des allures de tours renversées. Comme on boit ces bouteilles : elles s'élèvent un instant – mouvement du coude. Le liquide tombe et écrase. On a dit que la vérité était une femme vivant au fond d'un puits. On l'y a rarement trouvée. Juste assez souvent pour savoir s'en méfier.
Question de chute.

* * *

Alors j'ai ouvert mon briquet. Il y a eu un frottement. Je me souviens bien du bruit. M'en souviens mieux que de la flamme. J'ai pas vu venir la flamme... mais tout a brûlé. Disparu mon tableau bleu. C'était moi ou lui. Il m'aurait débordé et toute quête aurait été terminée. Tout le sens d'être là, au monde, m'aurait quitté. J'ai été égoïste. Je voulais pas mourir. J'étais pas prêt du tout. Depuis, j'essaie de retrouver ce sentiment...

(Mais tu bâilles ? Tiens, ressers-toi un verre, ça va te requinquer.)

...Enfin, retrouver le sentiment devant la fin. Ma propre

fin. Retrouver ce que j'ai failli sentir devant ce tableau bleu... La réalisation de ma vie dans une œuvre créée par mes mains. La prolongation exacte de mon corps. Sa pulsation parfaite. Tout ce qu'il a appris à être et à faire. Peut-être comme un sportif qui sent l'exploit là, au point exact où une crise cardiaque le fauche. Briser les records, briser le monde et ses limites en se brisant soi. C'est ce que j'ai vu dans ce tableau. De quoi me briser. J'ai vu la touche finale, mais j'ai ralenti. Une touche et c'était fini. Le bleu attendait sur un bout de la palette. Mais voilà, j'ai pas pu... Le plus gros de mes pinceaux s'est retrouvé dans ma main. Je le tenais comme un poignard. Il dégoulinait d'une peinture noire. La plus noire et la plus dense. Du pétrole. Et plus de peinture ! J'en ai fait un monochrome noir. J'ai tout recouvert...

(Tu m'écoutes ? Oui ? Hésite pas à me dire si je vais un peu trop vite. Quand je me lance, je m'emballe et je me rends plus compte... Tu fatigues un peu, non ? Non, pas trop ? Tant mieux ! Ressers-toi quand tu veux hein.)

...Et alors, là, j'ai tout recouvert et j'ai tout brûlé. J'ai vu ce que je pouvais faire de mieux, tu comprends ?

(Tu me suis, hein ?)

...J'ai vu le seul chef-d'œuvre dont j'étais capable et donc l'achèvement de ma vie. En terminant ce tableau, je m'achevais. J'achevais tout ce que j'étais. Indépassable. Au mieux, je me condamnais à la médiocrité. Une médiocrité couronnée de succès peut-être. Mais une médiocrité insurmontable... Tu sais ce qui serait venu si j'avais accompli ce tableau ? Tu sais pas, non ? Moi je sais. Je sais que c'est la mort qui serait venue si j'avais mis cette dernière petite touche de bleu. J'aurais vu la vie, tu comprends ? Oui je vois bien que tu me comprends. J'aurais vu ma vie ! Une densité chargée de tout ce qui remue et de tout ce qui est, là, en moi. J'aurais compris la peinture... je l'aurais atteinte et me serai dépassé pour de bon. Comment continuer ? Comment continuer après ça ? Je te demande ! À partir du moment où j'aurais enfin saisi ce qu'est la peinture ? Personne n'aurait pu continuer. Personne ne peut. J'étais pas prêt... je l'ai beaucoup regretté. Je m'en suis voulu comme tu peux pas imaginer. Longtemps après, j'avais presque tout oublié. Comme si je ne m'en rendais plus vraiment compte. Ça avait failli être là, mais comme ça n'était pas venu, ça n'avait pas vraiment existé. J'étais pas loin de l'amnésie. Le traumatisme avait été frôlé de peu. Et puis la colère. J'aurais voulu me tuer. Mon égoïsme m'avait sauté aux yeux. J'ai bu beaucoup, longtemps. J'en oubliais de travailler. Je faisais semblant. Comment me tuer pour me punir d'avoir été si lâche ? J'ai fait une dépression. Ce qu'ils appellent déprimer. Avant ils auraient appelé ça l'alcoolisme méchant. Et cette dépression a duré des années. Une perte de temps incroyable. Heureusement, elle était là. Tout le temps, elle est restée là. J'ai souvent menacé de me tuer aussi, devant elle. Elle me regardait en riant. Elle sait très bien comment me désarmer. Devant mes parodies de menaces machistes, elle rit. Sans moquerie ni haine. Un rire pur, tu comprends ?

(Ah mais tu bâilles encore ! Faut pas hésiter à faire une micro-sieste si tu veux. Ça va t'es sûr ?)

...Bon, et alors où j'en étais ?
Ah oui, ma femme : une intelligence pure. C'est fou comme elle voyait tout en avance. Une Cassandre moderne : toutes les crises actuelles l'habitaient depuis des décennies. Même moi je me suis foutu d'elle et de ses premières inquiétudes écologiques et politiques. Et puis l'accumulation des signes et des dérives fascisantes... Ne le prends pas mal, mais t'as pas la dégaine d'un petit con indifférent, elle t'aimera bien. Elle a dû rejoindre des gens plus actifs dans la contestation générale que moi ! Tu l'as rencontrée ou pas encore ? J'oublie qu'on vient de se rencontrer. Comment tu t'appelles déjà ? Merde, je perds les pédales. Faut pas m'en vouloir. Attends qu'elle arrive, qu'elle revienne, elle mettra les choses au clair. Elle aime pas les ivrognes mais elle comprendra.

* * *

Faut que je lui cache un nouveau bâillement, c'est pas possible. Je me suis levé trop tôt en fait. Faut que je me remplisse le verre. C'est gratuit, faut en profiter jusqu'au bout, même si le sommeil vient. Je hoche machinalement de la tête mais en vrai, je ne m'attends pas du tout à voir revenir sa femme. Y'a aucune affaire féminine qui traîne par ici. Elle est peut-être partie pour de bon. Elle a bien fait de quitter ce vieux timbré. J'essaie de capter cette histoire de peinture bleue et ma fatigue qui monte... Atteindre un chef-d'œuvre et l'ivresse totale. Ce qu'il y a de chute en ce moment-là. Voir un chef-d'œuvre comme la fin des possibilités. Se tuer. Intégrer

sa propre vie dans un tableau. L'y enfermer. L'y perdre. Mais où finirait le tableau alors ? Un musée ou une brocante schlag ? Accroché à un mur ou adossé à une chaise miteuse ? Dissimuler une tache d'humidité ou enrichir des collections de cartes postales ? Y'a des Américains et des Chinois et des Qataris et des Russes, tous nationalistes milliardaires convaincus, qui spéculent en achetant les peintures les plus connues et les enferment dans des garages sécurisés, les cachent comme du vieux vin, pour les vendre plus tard, plus cher, vers d'autres garages barricadés, sans y avoir goûté. Et puis en vrai, quel est l'avenir de la grande peinture quand la planète ne sera définitivement plus habitable ? Des tarés survivalistes ultra-riches les entasseront dans leurs bunkers pour se branler dessus ? Est-ce qu'ils ont capté qu'on est en train de s'autodétruire en se gonflant de bulles productivistes comme des cellules cancéreuses ?
Merde, y'a encore un silence.
Le peintre parle plus. Il s'attend à ce que je lui réponde quelque chose. Je porte le verre à ma bouche et l'alcool a un goût de malaise. Je sais pas quoi dire, j'ai complètement perdu le fil. Je suis trop bourré... Hoche de la tête et hausse les épaules, on sait jamais... Ça a l'air de marcher, le vieux cligne de l'œil. Il reprend son monologue.

Longtemps, le regard d'alcool, et longtemps, les odeurs d'alcool sur ses vêtements et dans ses gestes. La main qui se lève et se balance le long du corps alors qu'il marche droit. Alors qu'il croit marcher droit. Le corps avance, le buste est haut. Mains qui se balancent le long du corps, comme il croit que l'on marche au cinéma ou dans un dessin animé. Ces mains imbibées d'alcool trahissent une pensée devenue myope après trop de vin. Il titube. Il croit avoir passé le trottoir d'un bon gracieux. Il rit. Il croit rire et ça n'est qu'un raclement de gorge rêche. Il a trop bu, mais trop boire ne veut plus dire grand-chose aujourd'hui, ce soir, hier non plus. Il a trop bu dès ce matin, parce qu'il n'arrivait pas à travailler. Et il avait besoin de compagnie de la même manière qu'il a eu soif. Il fallait se calmer, alors la bouteille et le baratin. On pourrait penser qu'il avait perdu des heures à caresser les goulots plutôt que ses pinceaux, mais ses sourcils froncés restaient fixés sur un objectif morbide. Demain, ça sera mieux. Pas d'urgence. Ne plus sentir l'urgence. Ne plus savoir comment provoquer l'urgence.

Hier, en se levant, il a noté au crayon « 7 jours » sur la feuille de sa table de nuit, et puis il est allé tracer une petite ligne au mur. Au-dessus de la cafetière. Ce matin, il a ajouté une deuxième petite ligne, comme un taulard, et il a dit à voix haute : « C'est le sixième jour, encore six jours. Ma petite Genèse à rebours s'élance… Hier, la fatigue ; aujourd'hui, le départ. Tout est encore plein, mais dans six jours, c'est l'obscurité. »

Il lui raconte comment sa femme est partie. Comment elle a claqué la porte. Ils se sont installés sur un banc et sans faire attention aux passants, il lui joue la scène. Il joue une scène avec trop de détails pour être crédible : L'aube se montre, et il voit bien qu'elle attend quelque chose mais reste silencieuse. Ne pas savoir ce qu'elle attend. Toujours plus que de simples excuses. Elle s'est retournée dans le lit et marmonne. Il y a quelques secondes encore pourtant, elle l'avait regardé d'un air vif. Elle avait la question au bout de la pupille, et puis

elle s'est retournée. Il pense l'avoir trahie, avec son obsession romantique de mort et de peinture. Son égoïsme débordant. Il pense qu'elle a compris combien il la trahissait en restant silencieux. Alors pour mieux le punir, elle joue au silence aussi, tête dans l'oreiller. Il se tourne vers le tableau qu'il faudrait pouvoir terminer, et c'est à cet instant qu'il comprend avoir perdu le geste. Il n'a plus le *geste* (il répète le mot sans se soucier d'être compris par Alonso qui l'écoute avec un air ahuri). Elle l'a vu. Elle voit seulement qu'il ne l'a plus et qu'il ne sait plus quoi faire. Ça paraît absurde. Ça correspond pourtant. Elle feint toujours de dormir. Il commence à rire. Elle voudrait vraiment pouvoir se rendormir et l'insomnie lui grimpe au visage. Le rire le prend aux nerfs. Cette fois, il l'a trahie en riant. Elle a dû croire qu'il se moquait d'elle. Mais il n'y avait pas de quoi. Hier, toute la journée, ils ont manqué leurs dialogues. Elle l'a pris pour elle, mais il ne voulait pas se moquer. La porte qui claque. Pas si important. Elle va revenir. Elle a dû rejoindre ses ami*e*s révolutionnaires. Elle part comme ça, en claquant les portes, mais elle va revenir.
Fasciné et attendri par la voix du vieillard, Alonso est ivre et écoute composer une parole qui ne serait pas forcément honnête mais généreuse, adressée à un fantôme. À travers lui, comme allongé chez un psy, le peintre écrit à sa femme :

Ta main s'est posée sur le sommeil pour m'en sortir. Tu me secoues l'épaule : “Réveille-toi, regarde mon insomnie.” Et je te vois dans la nuit, recouverte d'un silence qui te tord le ventre. C'est ma faute, sans moi le silence serait moins lourd. Je suis un témoin gênant de ton impossible repos, beaucoup trop impuissant, trop présent. Sans moi, tu aurais dormi plus tôt. Le rêve ne t'aurait pas échappé si brutalement. Mais ma peinture, ma présence et ma fatigue avaient une odeur pénible. Quelques heures plus tard, je suis devenu ton insomnie. Je suis ton insomnie, ton parasite. Ton ventre se plie. Ma bouche s'emplâtre. Mon corps s'écrase dans le lit, soudain alourdi. Un trou où je suis incapable de faire mes trois-huit comme les autres. Ta tête ne supporte pas ma poitrine de vieux fumeur, ma respiration te gêne. Je siffle, nos sentiments souffrent d'asthme. Il y a eu une phrase et puis le mur, le masque sur tes yeux, les bouchons dans tes oreilles. Les fissures sont colmatées. “Ne me parle plus. Ta respiration ne m'intéresse pas. Je ne voudrais pas l'avoir là. Ce lit est trop petit pour nous deux et nos corps de vieux. Tu prends trop de place avec tes longues pattes. Je déteste les insectes. Ne me touche pas. Garde tes pattes d'insecte contre ton abdomen collant.” J'entends tout ça sans que tu n'aies à en penser un mot. Depuis toutes ces années, on ne sera parvenu à rien d'autre qu'à s'imposer ces mutismes qui s'entassent dans les coins de notre chambre. Des petits tas, ici et là, qui prennent la poussière. On les avale avec discrétion jusqu'à ce que le ressentiment s'en aille, et l'on ne se voit plus, ne s'entend plus, ne se parle plus, ne baise plus. Le moindre pet devant l'autre est une petite honte. D'une phrase, tu as eu le courage de solidifier ces silences. Tout à coup, le plâtre dans ma bouche. Elle a fauché mes mots. Il ne me reste rien ici, sinon me tenir à l'ombre. Grande ombre qui ne croit en rien – pas même en soi. Mon cuir a fondu, me voilà flasque, prêt à glisser hors de là. Elle juge. Alors pour qu'elle s'endorme enfin, il suffit que j'aille enterrer ma panique ailleurs, sous des phrases qui ne l'atteignent plus. J'ai cru pouvoir peindre parce que je n'ai jamais su rien dire correctement. La contamination a réussi. Elle a fait de moi son insomnie et elle est parvenue à me la transmettre. Désormais, c'est elle mon insomnie. Après cette semaine – faire mes valises et partir, me jeter sous un poids-lourd, nouer une corde, armer le flingue. Celui qu'une obscure brigade t'avais confié il y a de nombreuses années... M'engager là où tu ne voudras pas me suivre. Te faciliter la sortie. Nos corps eux-mêmes s'espacent. La vieillesse n'y est pour rien. L'aube arrive et éclaire rouge. Tu n'aurais jamais dû venir ici. Je n'aurais jamais dû te croiser. Je n'aurais jamais dû te connaître. La situation s'est retournée – je préfère un malaise lointain à un confort près de toi. Je ne supporterai pas d'autres nuits.

Personne dans la rue. Des silhouettes accrochées à leurs portables. Personne n'a la tête levée. Il boite toujours. Et puis la cabane est déjà là, au bout. L'atelier. Une vieille maison ouvrière beaucoup plus petite qu'il ne l'imaginait, un peu plus tôt. De grands bâtiments l'entourent – des chapes de béton, au premier abord, et puis on ne sait plus très bien. Maintenant, il sait ce que renferme l'atelier. Ses paysages. Il se demande comment de telles étendues ont pu naître dans ce chaos. L'atelier déborde de poussières. Ça pourrait être un musée ou un taudis : des brouillons empalés ; des fruits insolites se décomposant dans un bol ; meubles rares et vides, au bois noir de jais, incrusté de charbon. Un saint refuge chargé d'épluchures et de saletés, hors de tout. Impossible de savoir dans quoi il met réellement les pieds, et doucement, il se laisse intoxiquer par ce lieu d'où provient l'étrangeté.

Le peintre lui tend un nouveau verre de pastis. Frais. Les glaçons tintent. Ils ont retrouvé leurs places autour de la table. Il fait bon et leurs pieds glissent sous la table. Le peintre lâche un profond bâillement et s'allume une cigarette, scrutant avec amusement ce jeune homme débarqué de nulle part qui commence à tourner la tête ici et là en gardant le silence, clairement heureux de se faire régaler la panse et le foie. Il sait le pouvoir de fascination que peut dégager un atelier. N'importe quel espace chaotique. Il l'entend murmurer :
« On dirait l'atelier de menuiserie où un cousin à moi... »
Le peintre se dit qu'il a déjà bien trop parlé et que continuer retarderait encore le départ de son invité. Il voudrait dormir un peu. Il a trop bu aujourd'hui. Mais sans réellement réfléchir, il invente :
– C'est marrant que tu dises ça. J'ai toujours aimé travailler avec des outils d'artisans, et j'en ai beaucoup qui viennent de la menuiserie. J'ai appris à dessiner avec un crayon de charpentier. J'ai appris à faire de la couleur avec un crayon de charpentier. C'est comme ça qu'il faut faire... pour commencer. Le gris, hein. Partout. Enfin tu sais, je dis apprendre, parce qu'apprendre c'est commencer à comprendre. Un peu d'origine, bon, avant de se mettre à répéter. Les crayons de charpentiers ont toujours été les meilleurs que j'aie jamais utilisés. Ils prennent la poigne. Après, faut en finir avec les leçons et la compréhension, et parler crayon, c'est déjà trop. Beaucoup trop. Mes doigts maintenant ! Ils sont dans les doigts maintenant mes premiers crayons de charpentier. Des mines dans les ongles. J'en ai passé des années à savoir comment je devais apprendre à me les mettre dans les ongles ! Et pourtant, ça faisait longtemps qu'ils

étaient déjà là, pas vrai ? Haha ! Maintenant, j'suis vioque, j'peux enfin le dire. Avant, c'était pas possible. »
Le peintre s'arrête pour remarquer et savourer avec quelle attention on l'écoute. Il lui envie ses illusions. Il ne sait même plus ce qu'il dit. Il emmêle et s'approprie les mythes romantiques qui enrobent la peinture : les avant-gardismes, les chefs-d'œuvre inconnus, les tours d'ivoire, les punchlines des autres, les souvenirs confus des récits de Balzac, d'Oscar Wilde ou d'Edgar Allan Poe. Cette jeune présence lui est confortable. Il le retient en se demandant jusqu'où pouvoir jouer avec la fascination qu'il voit grimper dans ces oreilles imberbes. L'image d'une valve se forme dans sa tête et il imagine ses mains tourner la valve et laisser couler son verbiage. Il parle, et pendant ce temps, les mains donnent une impulsion à la valve et ça tourne encore. Le son rouillé du début s'est fluidifié. Il a ses mains dans les poches et les doigts se désarticulent alors qu'il les imagine cramponnées au métal froid de la valve. La parole coule, lourde. Il ne devait pas avoir parlé depuis longtemps. Plus toute sa tête mais il a bien compris que le petit jeune était venu là par intérêt, peut-être par séduction, qu'il attendait quelque chose d'autre. De plus utile. De plus bas. Il avait tout de suite vu quelle toile était en jeu. Un visage... il en a fait si peu. Les mêmes. « Tu pourras me l'apporter demain, mon tableau ? Comment tu le décrirais ? »

Le portable vibre encore. C'est Max. Il ne voudrait pas décrocher. Ne pas avoir à s'excuser par téléphone. Depuis quelques heures, ça insiste. Il sait que s'il décroche, sa langue sera pâteuse et sa voix chargée des

mots vinaigres des buveurs. Elle doit vraiment avoir quelque chose à dire. Peut-être qu'elle a appris quelque chose sur sa nuit d'action amnésique. C'est pas dans ses habitudes de forcer. Faudrait prendre un café, s'éloigner des peintures et la rappeler. Le peintre est parti aux chiottes. Il sort le portable, et note les appels en absences. Rappelle-la, ça sera vite réglé. Ça sonne. Elle ne travaille pas aujourd'hui et ne sait pas que lui non plus. Elle est contente de l'entendre. Il s'excuse et patauge comme il l'avait prévu mais elle n'a pas l'air de le remarquer. « Je sais, je sais. T'inquiète pas... Les lundis c'est terrible ! Y'a pas mal de vent aujourd'hui, tu trouves pas ? » Ils accumulent les petites banalités et il évite de lui dire où il se trouve. L'idée de lui raconter comment il a perdu son boulot ne lui traverse même pas l'esprit. Il lui répond seulement être un peu occupé et ne pas avoir eu le temps de la rappeler plus tôt. « T'as vu qu'il y a un appel à se rassembler bientôt ? Y'a un truc qui se monte là, un bail avec pas mal de monde déter... » Il s'adosse à une fenêtre donnant directement sur la rue. Le studio devait être une ancienne conciergerie ou quelque chose dans le genre. Les passant*es* pourraient s'arrêter et entrer par la fenêtre sans faire beaucoup d'effort. Des arbres entre les tours. Elle poursuit :
« J'aurais voulu te dire un truc plus tôt mais... Par téléphone, c'est un peu chiant mais faut que j'te dise... Est-ce que je t'ai dit que peut-être... que je suis peut-être... enfin, que je pensais peut-être avoir du retard ? J'ai du retard dans mes règles... » Par la fenêtre, le vent secoue quelques branches. Des pigeons s'envolent pour se poser aussitôt un peu plus loin, sur le trottoir d'en face. Un chien traverse la rue et urine contre le mur

avant de poursuivre son chemin. Amusant d'avoir une fenêtre au rez-de-chaussée. Il n'a pas l'habitude. Ses dix étages ne lui manquent pas. Le quartier ici a l'air moins tranquille mais tant mieux. Aucune prison ou hôpital psychiatrique aux alentours. Pas besoin. Un autre chien se ramène et urine contre la trace encore fraîche de son prédécesseur. Une rigole se forme. Jaune.

« L'homme a besoin de problèmes puisque son visage en est un. » La voix du peintre monte depuis les chiottes. Il revient dans la pièce et s'installe devant une toile en se remontant la braguette et se rebouclant la ceinture. « Il n'a aucune symétrie en réalité. Toujours bancal. Toujours une oreille plus basse que l'autre, un œil plus vif ou sombre, une narine plus fine... Le corps le sait et en joue. Mais si on cherche à le corriger – parce que cette dissymétrie fondamentale serait devenue handicapante pour soi et soi devant les autres –, c'est à ce moment-là que l'on se déforme et se défigure en se condamnant à n'être plus un corps mais une image. La différence entre l'esthétique et le beau, elle est là. C'est se mettre des œillères sur ce problème qui stagne, qui croupit comme une vieille flaque devant tout le monde : le problème qu'il y a à être soi, ou à ne plus vouloir l'être. Mais il y a plus important que le visage... » Il me montre un creux dans l'un de ses tableaux, vers le centre : « Là, tu vois. Là, c'est l'intestin de la toile. C'est là que la toile te digérera le plus facilement le regard. » Et il tapote dessus comme sur un bide gonflé : « Un beau ventre, n'est-ce pas ? celui d'une femme. Je suis content de ça. J'voudrais que ça soit la Vierge enceinte qui se glisse dans chacun de mes gribouillis. Mais l'accouchement se fera toujours là. » Il me tapote les tempes puis le ventre en riant. Je ravale un petit rejet et le dévisage. Il a l'air de savoir ce qui me tracasse. Il a écouté mon appel ? C'est quoi son putain de problème ? Il continue : « Il faut toujours qu'il y ait quelque chose d'une prophétie. La gestation, c'est toujours la possibilité d'une prophétie ; l'agencement d'un labyrinthe clos. Te faire accepter ton état de labyrinthe clos. Sans sortie. » Oui, va falloir que je sorte d'ici. Que je me casse. L'alcool gratos m'a retenu bien trop longtemps. Sans transition, le ton de sa voix tombe. J'ai le ventre qui flanche doucement. Il bâille. Ça me fait bâiller à mon tour. Une sueur froide m'agrippe le front. Je ne saurais dire lequel de nous deux est le plus soûl. N'empêche, il continue de parler, il parle, il se parle à lui-même : « Alors, est-ce qu'elle a acheté du café... ? » Mais oui, je lui avais demandé du café. Besoin de me réveiller un peu. J'avais oublié. Je freine un haut-le-cœur. Il quitte la pièce. « Quand même de la chance qu'elle soit là encore un peu. » Il revient avec deux tasses. Me sens nauséeux. Je tousse rapidement. « J'ai mis du cognac dedans. C'est une habitude pour cacher à ma femme que je me réchauffe encore un peu. Elle me surveille. Heureusement. C'est jamais bien stable avec elle, mais elle va revenir. Je te présenterai. Elle te parlera forcément de politique et du mouvement qui monte en ce moment. Elle sent que ça monte fort en ce moment. Depuis quelques années... mais ça monte en intensité. C'est un drapeau noir ambulant, si tu vois ce que je veux dire. Une vieille anar. Elle t'aimera bien, mais surtout, lui propose pas d'alcool. Son père buvait trop, et elle a été élevée à coups de Bible, si tu vois ce que je veux dire. Ça a laissé de grosses traces : la famille stable est forcément nombreuse, droite et religieuse. C'est gravé en elle, même si elle en a pris le contre-pied : l'instabilité, le bancal et la haine du clergé, quel qu'il soit, politicien ou confessionnel. C'est profondément gravé, au point d'alterner entre désir et rejet. Moi je suis athée complet. Jamais pu sentir Dieu, j'en fais pas des caisses. C'est comme ça. Mais elle, vraiment, la création l'obsède. Le vide et puis Big Bang ! Boson de Higgs au premier jour, la guerre des étoiles ensuite, les océans et les premiers têtards, les œufs et les poules, les bourgeons, les pommes, et voilà Adam et Eve ! Parle-lui théologie et tu marqueras de bons points. Sept jours pour créer le monde, mon cul ! Elle en mettait partout. Elle aimait insérer du biblique dans le quotidien. Elle me prenait pour Noé. Pour rire. Rapport au vin et au déluge. Pour elle je suis une sorte de marin qui n'arrêterait pas de se noyer. Tous les marins sont mauvais nageurs... Mais moi, j'ai toujours trouvé que Noé était un salaud. T'sais que c'est lui qu'a condamné son fils Cham, le père biblique des Africains, à devenir l'esclave de ses frères, le Blanc Japhet et le Sémite Sem ? Tout ça parce que Cham l'a grillé à poil, complètement bourré, sous sa tente. Tu liras ! C'est dans la Bible ! C'est Noé qui justifie, dans la Genèse, des siècles d'esclavage ! Dans le bouquin le plus lu au monde ! Et personne n'en parle ou bien fait comme s'il fallait interpréter autrement. C'est terrible. Je comprendrai jamais. Moi, j'aurais voulu être Caïn. Inventer le meurtre, c'est pas donné à tout le monde. Mais je n'achève rien... ça la fait bien rire. Elle dit que mes peintures expriment parfaitement la réussite totale dans l'inachevé. Elle a raison. Je n'achève rien. C'est ça qui m'achèvera ! »

Une gorgée de son café a suffi pour me retourner définitivement le bide. Il est dégueulasse. On vit des temps post-apocalyptique et il me parle de Genèse. Je suis trop bourré. On vit une séquence pré-révolutionnaire et il me parle de sa mégalomanie torturée d'artiste du dimanche. Mais sa femme a l'air d'avoir la tête sur les épaules. Je me lève avec de ridicules précautions et me dirige en accélérant vers les chiottes. J'embrasse la cuvette.

* * *

Encore la fatigue en pleine valse avec la paranoïa. Tout le monde m'observe. Je me frotte la bouche – enlever les traces de vomi. Je me suis pourtant bien rincé la tronche avant de partir. Un peu sur la chemise. Il roupillait à moitié quand je suis sorti des chiottes. Tout le monde sait que je suis pas loin d'être ivre mort. Ils me jugent. Coupable. Ils sont au courant du sabotage, ça se voit. C'est aux infos. Ma tronche a été prise par une caméra de sécurité et circule partout. Je pourrais les interroger. Alors surtout ne pas vomir dans le métro. Ils veulent pas que je leur dégorge dessus. Ça doit vomir plus qu'on ne le pense dans le box des accusés. Les virages sont plus brutaux que d'habitude. Pas fou le chauffeur ? Il veut que je vomisse dans sa rame ? Devant tout le monde ? Tellement de monde aujourd'hui. Faut que je me tape les heures de pointe. Mon égo se dissimule à l'arrière d'une inquiétude. Toujours mal placée. On me parle trop pour que je ne puisse pas y voir clair ; on ne me dit pas ceci ; on me cache cela. Il n'y a plus que ce que je fais qui compte, puisque ça y est, je fais quelque chose, je menace. Je fais du commencement. Ils se disent « Oh non, s'il vous plaît, ne commencez pas ! Mes chaussures sont neuves ! » Les relents montent et descendent. Mon ventre est contracté. Les phrases du peintre me sont rentrées dedans et font des roulis. Je suis devenu une machine de perpétuels commencements. Il faut que je sois plus attentif à la Genèse si l'époque est apocalyptique. Après la Genèse, c'est le spectacle qui recommence. Une fois que tout aura cramé, qu'on aura réussi à tout cramer, faudra bien recommencer quelque chose. C'est inévitable. Il l'a dit et il a raison. C'est sa femme qui a raison puisqu'il répète ce qu'elle lui a dit. Il est pas con. Ça peut pas être une coïncidence cette rencontre. J'ai pas pu tomber par pur hasard sur ce tableau et ce type. C'est le mektoub. Y'a un lien qui me dépasse : je suis au carrefour de destins hors normes, c'est clair. Loin de faire nuit encore. Mon front chauffe. Toujours un duel. Vite rentrer me coucher. Soi face à soi. Quitter la foule.

Le Troisième Jour

Où notre héros retourne dans l'atelier du peintre pour échapper à ses obligations

L'aube. Il est presque cinq heures du matin et il ne sait plus s'il a réellement dormi. Il s'était écroulé, la veille, tout à l'heure, en rentrant chez lui. Et puis toutes les heures. Il s'éveille doucement, boit une pinte d'eau. Un léger relent. Bu trop vite. Se recoucher, encore un peu. La peinture aux narines, oreilles, gorge, articulations. Il ne se sort pas l'odeur du nez. L'atelier l'environne et plusieurs fois, il croit encore y être. La voix du peintre. Il se tord légèrement le ventre, sous la couette. Il a gardé une chaussette et regarde d'un œil torve ses chaussures dont il n'a pas pris le temps de défaire les lacets, envoyées d'un bout à l'autre de sa minuscule chambre. Plus que jamais, le moindre geste l'embarrasse. Ses genoux tentent de remonter jusqu'au menton. Ses mains cherchent à masser l'estomac. Un œuf y est logé. Un vieil œuf avec de la merde collée dessus. Peut-être pas encore pourri. Le seul moyen de s'en assurer serait de le briser. Il se rendort.

« Un chat jaune parcourt la chambre avec ce vif flegme des félins. Il disparaît alors que tu l'attends. Nos têtes vibrent encore du trop de pastis d'hier soir. Une brigade d'intervention cerne la maison et attend que tu sortes. Des sorcières entre nos synapses. Je peux sentir leurs ricanements contre nos tempes. Une croûte immonde nous fait face. Elle pue encore – peinture trop fraîche et trop plate. Ça dégouline. C'est abominable. Je ne secoue ton corps que pour le faire vomir. Regarde ce travail de plusieurs mois que je m'apprête à ruiner dans un joyeux désespoir éthylique. Il reste quelques gouttes dans la bouteille qui trône, ironique, au centre de la pièce – fausse idole, totem de merde. Je l'attrape, la vide et la brise contre le mur. La toile se déchire sous mes coups. Des lambeaux de chair rouge me recouvrent les bras, le ventre, le visage. Je ne perçois plus rien sinon des tremblements de violence contre ce dos que je lacère... enfin ! »

La voix du peintre commente mon rêve. Bientôt c'est un écho étrange que j'oublie aussitôt. J'en garde une couleur fauve. Il est tôt. Trop tôt. En même temps, c'est pas étonnant de se lever aussi tôt quand on s'est couché avant même la nuit noire. Il n'est pas cinq heures. Ouvrir la fenêtre, sans quitter ma couette. Des sifflotements d'oiseaux mêlés aux moteurs humides de quelques voitures. Il pleut fort et l'air frais me rassure, mais je sens que si je reste à la fenêtre, mon visage sera aussitôt frappé d'un poisson flasque – je pourrais me prendre un poisson aérien aux écailles remuantes qui me claquerait la joue, ça ne m'étonnerait pas. Des grenouilles et crapauds s'écrasant avec une mollesse compacte sur mon parquet. Une pluie de batraciens s'abattant sur toute la ville. Je l'envisage en tout cas. Plus rien ne m'étonne. Il faudra laver la chemise à la main pour enlever le vomi séché. Plus de temps à perdre. Je dois m'organiser. Réussir à m'activer et rebondir. Ne pas me laisser aller. Être efficace. Une phrase de Brecht entendue y'a pas si longtemps, à propos de la révolution je crois, il parle d'improvisation avec un objectif déterminé. Ça mêle bien l'individu au collectif. J'ai jamais lu Brecht, mais c'est un bon. La nuit est bleue. Je voudrais écrire aussi. Écrire à Max. Lui écrire une belle lettre. Lui dire qu'elle peut faire ce qu'elle a envie de faire. Le garder, ne pas le garder. Ne rien imposer mais montrer que je suis là, quoiqu'elle fasse. Qu'elle peut compter sur moi, quoiqu'elle fasse. Que je serai présent et débordant d'attentions et bien conscient des enjeux et de sa position en tant que femme dans le marasme patriarcal et je vais m'impliquer et partager la charge mentale d'avorter... ou bien de le garder si c'est ce qu'elle veut vraiment et pourquoi pas mais on se verra pour en parler, on est super jeunes et... et... Pas de feuille sous la main. Pas de stylo. J'ai une bonne excuse : plus d'encre. Plus rien. Je pourrais commencer à préparer quelque chose de tête. Mentalement... Ça s'emmêle trop vite, déjà. Ça devient confus avant même de commencer. Décidément, la maladresse me retient tout geste – bonne excuse. Surtout ne pas envoyer de texto ni de mp. Sauf peut-être pour la voir. Un texto de rendez-vous qui ne serait pas trop sec, mais pas trop tendre non plus. Et puis merde, j'en sais rien encore. Quoi dire. Éviter de lui balancer la pire question qui soit, pire qu'un Pourquoi. Surtout éviter le Qu'est-ce que tu veux que je dise ?

Attendre l'aube depuis le lit. En fixant le ciel par la fenêtre. Observer ses légers changements de couleurs – de tons plutôt. Le ciel change de couleur d'une ville à l'autre mais la multitude des tons m'étonnera toujours. Je me précipite vers les toilettes. Une chiasse coule.

Il est six heures passées, enfin. Plus d'interruption dans le chant des oiseaux ni dans le défilé des voitures. Il se décide et quitte les toilettes. Son regard est chargé de vibrations. Un œil doit partir un peu en vrille. Encore le vin et toujours pas de gueule de bois. Ça lui tombera dessus quand il aura atteint le degré zéro – l'évacuation complète de l'alcool s'ébrouant dans le sang. Boire de l'eau. Les paroles et les peintures du vieux peintre lui valsent dessus tandis qu'il chancelle vers le lit. Le portrait le dévisage, il s'amuse. C'est réciproque. Il se recouche en souriant et s'installe au creux du souvenir et de la fascination. Il faut retourner chez l'artiste et reprendre les affaires. Hier aurait été une pure journée de merde sans cette rencontre... Ce type n'a peut-être pas la lumière à tous les étages mais il est toujours plus intéressant qu'un autre. Et sa femme a l'air d'être un sacré personnage aussi. Sûr qu'elle doit être particulièrement redoutable aussi. Il pense à sa propre mère un instant, effacée au point qu'elle semble ne parler qu'à moitié... Sûr que la femme du peintre est du genre à déborder de vie. C'est la première fois qu'il rencontre vraiment un artiste – c'est-à-dire, pour lui : quelqu'un qui vit d'un intense passe-temps, à plein temps, sans salaire – et il faut avouer que son atelier est un bel abri. Retourner là-bas et l'écouter à nouveau. Une radio des comptoirs où l'on donnerait à boire et à manger. Lui raconter ses malheurs. Essayer d'attraper quelques bons conseils en passant. Et sa femme sera peut-être revenue et elle le trouvera peut-être bien mignon avec ses soucis. Elle finira par avoir envie de pendre soin de lui et lui donnera des paroles douces et du réconfort. Chercher abris et conseils. Se planquer !

Depuis la fenêtre et la pluie battante, la ville apparaît soudain par voies liquides. Fleuves et canaux. On y flotte, d'un appart à l'autre, saisi par la violence d'un trop-calme. Plus personne, les rues sont vides.

Sans quitter ses draps, il attrape l'ordinateur, en dépose la chaleur sur ses cuisses et ouvre ses mails. Nouveau message d'un voisin encadré d'émoticônes de croix noires – avis de décès. Sa surprise lit et commente l'étrange nouvelle : *J'ai la tristesse de vous annoncer que Monsieur Pezennec, propriétaire de l'immeuble, a été retrouvé mort chez lui, ce dimanche soir.* Dans son costume usé, pas croyable. *Selon les autorités, il aurait surpris des cambrioleurs passés par la fenêtre de son logis.* Tout le monde savait qu'il cachait de l'argent quelque part dans sa chambre de bonne, à l'arrière d'une étagère ou sous un matelas. Tout le monde était un peu trop bavard à ce sujet... *Heureusement, si je puis dire, le voisinage a pu signaler un événement suspect et la brigade cycliste de la police municipale est intervenue rapidement afin d'intercepter les criminels en bas de l'immeuble, sans succès.* Failli être coincés par des flics en vélo, incroyable. Beaucoup de monde en ville ce jour-là. *Aucun objet de valeur n'a été dérobé, mais le pauvre homme, poignardé, est décédé des suites de ses blessures.* Une vengeance de locataires ? Des cambrioleurs bras-cassés ? *En l'absence d'enfants et de proches, c'est monsieur le curé qui est venu nous annoncer la nouvelle en ce lundi matin. Il a fait un discours poignant sur la discrète et grande générosité de cet homme envers la paroisse. En quelque sorte, nous étions sa seule famille.* Cet homme était donc bien un saint, un martyr de l'épargne. *Nous avons décidé de créer un crowdfounding* – avare en carton – *pour que chacun puisse donner un petit quelque chose pour une décente mise en terre.*

On lui demandait de participer au pot commun. Le voisin parlait de cinquante euros chacun et soulignait

qu'il avait lui-même donné soixante. Mais paraît aussi qu'il faudra voir avec les lointains et potentiels héritiers de l'affaire. Quand un proprio meurt, un préavis de trois mois tombe. Peut-être plus que trois mois dans la chambre ? C'est la seule information qu'il lit puis relit jusqu'à sidération.
Il se détourne avec urgence et croise le portrait qui ricane toujours. Il est donc prévu de l'apporter chez le peintre plus tard. Trop d'informations d'un coup. Trop de trucs à faire. Il a l'œil sur lui. Une bouffée de parano lui tombe dessus. Il prend une décision suprême en pensant au vieux proprio, aux voisins, aux flics, aux sabotages, au truc de l'autre soir, au cimetière, aux agios, au fœtus, à elle... il éteint son ordinateur et met son portable en mode avion. Le faux-plafond se relève et il y balance la clé USB. Le tiroir s'ouvre et sa main fouille dans le fond pour en sortir le couteau. Le schlass trouvé dans son sac sans savoir comment. Le seul moyen de passer à autre chose, c'est d'emporter ce couteau chez le peintre et le planquer sous un meuble. Il le scrute une dernière fois avant de le replier et l'enrober d'un mouchoir : la lame est plutôt longue – taille douze. Douze centimètres légèrement rouillés même si ça semble propre, nettoyé avec soin. Rouille, sang ou peinture. L'ongle ne s'y attarde pas.

* * *

« Je ne m'intéresse qu'aux identités épileptiques. Celles qui, brusquement, vont se mettre à convulser. » La phrase est notée quelque part dans son portable. Il ne sait plus où, mais il se souvient l'avoir écrite, hier, en écoutant le peintre. Désormais, elle lui trotte en tête et creuse en lui, tandis qu'il se prépare, tableau sous bras. Elle s'est installée dans un coin. Il sera difficile de l'en déloger. La phrase palpite. Elle se propage le long de son visage en sourires et froncements de sourcils. Les identités épileptiques. Celles-là, toujours en bord de chutes et de convulsions. C'est curieux, cette phrase-là. Ça sonne et ça donne du sens à beaucoup de fascinations. Un charme d'envoûtement. Ça serait vraiment idiot de ne pas y traîner encore aujourd'hui. Oublier les autres. Oublier l'autour. Le peintre a dit qu'il se levait aux aurores aussi. Il l'a invité à déjeuner. À revenir quand il voudra, avec le tableau. Il offrira bouffe, café, digeo, et ils regarderont tout ça ensemble. Faudra se reposer le crâne et mâcher les petites phrases, encore. Tant mieux. Ça ne le dérange pas. Heureusement qu'il n'a plus de boulot. Heureusement qu'il a du temps. Heureusement qu'il n'a bientôt plus d'appartement. Il pourra chercher quelque chose assez tôt... Aucune envie de se confronter à une amitié pour interroger ses emmerdes. Surtout pas prévenir sa daronne et écouter ses reproches et ses inquiétudes. Être obligé de raconter pourquoi il ne va pas travailler. Pourquoi il n'a pas répondu aux messages. Pourquoi il ne va pas tout de suite retrouver Max pour discuter. Parler de son ventre.

Des ombres imbéciles, éclairées de téléphones portables, lui recouvrent toute décision. Il oublie momentanément le fil de ses pensées. Le soleil se lève et il les voit, à travers la fenêtre, dans l'hôtel d'en face. Jamais il n'a autant voulu les garder à distance. Les pièces sont sombres mais leurs visages sont éclairés par leurs écrans.

Il a simplement remarqué ces petits halos de lumière venus des mains pour allumer des figures lointaines. Des solitudes modernes illuminées par leurs propres prothèses. Pourtant, c'est toujours lui qui boite. Il ne sait pas où trouver de béquilles. Il ne pense plus... Sa cheville s'embrouille. Il lutte et se persuade d'un léger mensonge : je préfère la lutte. La lutte dans ce qu'elle est de geste entre le monde et soi. Geste dans la rue matinale. Il ne sait plus ce qu'il pense. Seule l'envie de retourner voir le peintre est là. La fréquentation d'un homme qui a su faire face à ses vertiges et les a brûlés. Un héros à l'ancienne ignoré de la foule. Un type qui sait ce que c'est que s'engager entièrement. Seul. Un individu seul. C'est tout ce qu'il garde en tête. Une succession de superlatifs. Sans s'en rendre compte, il s'enfuit.

Le visage m'observe sans un regard. Des yeux sans pupilles, couverts de chair... Un visage ou une figure ? Quelqu'un et quelque chose. Un amas. C'est certain. Ça fait plaisir d'observer ce tableau dans le métro. Ça m'occupe et me détourne du reflet qui m'interpelle à chaque tunnel. Mon propre reflet qui me reproche d'être une merde. La poche de mon jean est légère – téléphone silencieux. On apprend à mépriser facilement ce que l'on comprend trop bien. Je vois ma panique. C'est un reflet qui file. Je l'esquive.

La ville dort encore. D'habitude, cette place est chargée de passant*es*, mais il est trop tôt encore. Seuls quelques immigrés saltimbanques s'apprêtent à jouer aux hommes invisibles. Ils se préparent à l'arrière de fourgonnettes. Un costume noir avec des gants blancs et un fil de fer grossier accroché entre le col et un chapeau melon flottant au-dessus d'une tête vide. Ils ne sont pas grands. Le musée en face recevra bientôt ses touristes quotidiens pour embarrasser leurs mains de cartes postales. Photos interdites.

* * *

Le vieux ne lui avait-il pas dit hier ne jamais avoir peint de portrait ? Aujourd'hui, le tableau entre les mains, il le reconnaît, le bazarde aussitôt contre les autres, l'air de rien, et déclare se souvenir combien il lui a toujours été impossible de peindre plus de trois figures par toile. Il a très vite détourné les yeux du tableau, comme s'il savait déjà de quel visage il était question, et plutôt que d'y faire face, il s'élance dans une histoire de personnages à insérer sur une toile.
Pas plus de trois. Il est impossible de peindre honnêtement plus de trois personnes en même temps. Cette incapacité lui sert même de mesure. Il l'explique, s'allonge à nouveau la parole : il ne peut aller au-delà puisque chacun est une infinité de masques dans une foule d'identités. Chacun est un élément bien lourd et difficile à composer. Chacun est un amas de chairs en mouvement et de regards en mouvement. Alors trois, c'est déjà trop. D'ailleurs, désormais, il évite les foules, sauf celles qui seraient masquées. Pas de plus beau portrait d'un homme que celui que l'on fait à travers un cortège de fous, d'anonymes, de carnaval. Il ajoute : « J'ai jamais vu de bonne peinture où l'œil semblait fixe. »

Ils se sont installés à la table, aux mêmes places que la veille. Sa femme n'est toujours pas rentrée. Ça ne l'inquiète plus. Elle doit monter de sombres complots avec des brigades secrètes et il est en bonne compagnie : « Sacré Aloïs ! Excuse-moi... c'est bien Aloïs ou Alonso ? Aloïs, d'accord ! C'est allemand, ça, non ? Content qu'tu sois de retour ! J'me suis demandé si t'allais oser revenir voir un vieux déglingué comme moi. Bonne journée hier, non ? On s'est bien bourré la gueule, pas vrai ? Ça fait du bien même si je récupère plus aussi vite que dans ma jeunesse... Un seul remède contre les possibles gueules de bois – comme disait Dean Martin : "Rester soûl !" Zapoï ! J'en ai connu qui prenaient cette petite plaisanterie comme un adage. J'pourrai t'en raconter des histoires ! »
Sans attendre d'invitation, il disait avoir connu de grands noms « Quand j'étais plus jeune. » Tout du moins, il faisait un étalage copieux d'histoires emmêlant une multitude de personnages amicaux et violents. Des peintres, des poètes, des poétesses. Des femmes monumentales. Des aristos voyous. Des volontaires internationalistes. Des gentlemen du Milieu. Des gitans aux guitares ivrognes. Des survivants d'exils, de tortures, de traversées impossibles. Des révolutionnaires braqueurs de banques. Il avait survécu à beaucoup et avait vu l'évolution du regard qu'on leur portait. C'était ceux qui avaient fait le moins de concessions qui recevaient le plus d'éloges établis. Une fois la contestation enterrée, les bourgeois ne se gênaient plus pour s'approprier ce qui les méprisait. Les efforts qu'avaient fournis d'autres pour leur plaire ne les avaient pas sauvés de la disgrâce. On ne respecte pas les tièdes, surtout quand ils ont du pouvoir.

L'atelier est faussement vide, des traces de son travail chargent le moindre recoin. Les étagères prennent la poussière et ne soutiennent rien d'autre que le gris de vieux journaux et magazines. Pourtant, il avait eu les bibliothèques lourdes, fut un temps. Il avait beaucoup lu. Il avait adoré lire parce que les bons livres dessinent toujours de radieuses grimaces sur ce qui paraît trop lisse. Il avait lui-même illustré quelques poèmes. Des publications rares, perdues. Des affiches. On lui avait dédicacé des bouquins. On lui en avait envoyé par douzaines. Des chefs-d'œuvre inconnus ou bien des qu'on étudie maintenant à l'école, aux universités. Avec des lettres à plus savoir quoi en foutre. C'était pas des gloires éphémères qui cherchaient le succès. C'était pas une ambiance mondaine. Le peintre les connaissait parce qu'il connaissait la ville et mieux encore : le quartier et ses cafés. Y'avait encore les usines tout contre. Personne ne regrette le pointage et les patrons mais tout le monde aurait bien voulu avoir autre chose en héritage que ces immenses bateaux fantômes. Ça lui manque d'y serrer des poignes, participer aux complots des grévistes et des avant-gardes. Il s'était même un peu pris pour un intellectuel. Il avait mis des cols roulés et écrit dans des carnets. Tout le monde écrivait et ça l'avait pris aussi. Il avait beaucoup écrit et puis un jour, y'a pas si longtemps, c'était marre.

Il raconte. Sa femme qui le soutient. Sa femme qui l'impressionne. Sa femme qui lutte avec son époque et qui remet à leur place des salauds avec des répliques cinglantes. Sa femme qu'il aime et qui l'aime et puis des drames conjugaux. Des problèmes avec sa femme, et son élan pyromane l'avait de nouveau saisi. Il est allé

dans le jardin avec des cartons de carnets, de livres, de lettres. Il a fait une belle pyramide de tout ça, et encore une fois : le feu. Il n'y avait pas eu tant de flammes. Surtout de la fumée, un grand nuage qui s'était dispersé lentement. Il s'attardait sur la fumée. Il ne lui restait donc aucun stigmate de cette époque, de ce passé. La table rase s'était imposée à lui :
« Ces tableaux et carnets étaient devenus un supplice. Je sautais de posture en posture. Comme tout, ils ne se laissaient pas finir. J'ai jamais réussi à remplir entièrement un seul carnet. Rien qui ne se terminait. Je n'ai pas vu de fin dans cet atelier. Jamais. J'ai bien essayé d'en provoquer... Je me suis débarrassé de tant de tableaux en cours... par lâcheté. La lâcheté est un palliatif merveilleux face à la frustration de ce qui n'en finit pas. J'abandonne, je donne. On s'est moqué des prix auxquels j'ai pu vendre mes meilleures études. Des brouillons de quelque chose qui sera quelque chose de plus, un jour, mais qui ne sera qu'une fois que je ne serai plus là pour annoncer leur fin. C'est ma propre fin qui annoncera leur fin, tu piges ? Tout ça cessera d'être considéré comme des études lorsque je cesserai de les nommer ainsi. Or il se trouve que je suis le seul à le faire parce que je suis le seul à pouvoir m'en rendre compte et le seul à en avoir encore quelque chose à foutre. Ça peut sembler prétentieux. C'est comme ça et c'est tout. »

* * *

En faisant des ronds, Aloïs s'installe dans cet atelier comme un chat dans son coussin. Son verre et son assiette sont pleins, et ce simple constat le comble. Les histoires du peintre le passionnent : récits mêlés de syndicats, de truands et d'artistes. Il ne fait plus semblant d'être à l'écoute. Cette histoire d'autodafé s'ancre dans son imaginaire comme un tatouage. Lui aussi il aime tout cramer. Des poubelles, des palettes, des trottinettes, des bagnoles, des vitrines. L'appel du feu de joie le possède, lui aussi. Le courage et l'honnêteté du peintre l'impressionnent tout compte fait. Ça le flatte d'être ainsi accueilli, interlocuteur privilégié d'un homme mis en marge par tout ce qui transpire la fausseté. Il est même attendri par ses tocs de boomer, ponctués d'une nostalgie obsolète qui "en dit long sur la société." Avant même d'avoir pu le voir venir, ils sont tous deux à nouveau soûls. La journée de la veille est reprise là où ils l'avaient laissée. Ils ont replongé dans les toiles. Un grand plouf dans ces discours cinglants ou énigmatiques qui recommencent - un peu moins de méfiance et tout autant de postures. Le vieux peintre lui façonne le regard. Ils s'amusent.

« J'ai longtemps été amoureux de Jeanne Calmant. Tu sais, cette femme qu'est morte à cent-vingt-deux ans. Elle en a attendu des choses. Elle a enterré tout le monde. Son mari, ses gosses, toute sa famille. Même le type qui avait pris sa baraque en viager ! Un notaire ! Y'a des choses qui s'inventent pas... On a découvert qu'elle était aussi vioque alors qu'elle parlait de Van Gogh. Elle l'avait connu ! "Mais je l'ai connu, Van Gogh !" Alors tout le monde qui se précipite vers elle. On avait donc un témoin oculaire sous la main ! Une femme qui aurait croisé le génie, le martyr de la peinture, Saint Vincent en personne ! On pouvait la filmer et donc le filmer à travers elle. Le toucher à travers elle ! Comment qu'il était ? Et son oreille ? Le petit bout lamentable de lobe qui devait pendouiller ? Et son plat préféré, c'était quoi ? Mais elle, Jeanne, ce qu'elle trouve à dire avec son accent d'Arles est beaucoup plus pertinent : "Comment est-ce qu'il était Van Gogh ? Ah ! Il était laid ! La tronche brûlée par l'alcool !" Ça c'est bien la preuve qu'elle l'avait connu ! C'est peut-être ça qui m'a rendu amoureux, et donc fasciné, et donc jaloux... Qu'elle ait trouvé le véritable Saint Vincent si horrible... la gueule crevée. Un volcan au milieu des montagnes. »

Le visage a été discrètement déposé contre le mur, sur la table. La toile est interdite, elle reste silencieuse. Le peintre évite d'en parler. Il fait mine de ne pas la remarquer. On dirait qu'il en a honte. Il préfère se tourner vers une ébauche qui ne ressemble à rien encore – une hésitation terne entre l'aérien et le marin. Seule demeure une odeur de poisson ruisselant dans sa propre tourbe, de la sueur fiévreuse d'une débauche encore fraîche. L'atmosphère de l'atelier est aujourd'hui huileuse, glisse d'un geste à l'autre, sans savoir où aller. Une poubelle déborde de conserves, produits périmés et bouteilles. Des moucherons tout autour. Les sentiments de l'ébauche de toile sur laquelle il travaille se font vagues et les vagues ne s'écrasent plus dans des explosions d'écumes. Elles restent immobiles, avançant ou reculant dans la lenteur d'une boue chargée d'algues. Des souvenirs de catastrophe pétrolière. Il oublie un instant son hôte et ajoute quelques touches noires. La plage est souillée de plaques cancéreuses, de tumeurs obèses. On ne sait si sa main les chasse ou les répand tant elle les malaxe. Une parole se fit entendre et les eaux se mirent à grouiller.

Je me tais. Je picole. J'ai rien à lui dire. Rien à dire d'intéressant. C'est certain que Jeanne Calmant a jamais rien pu dire d'intéressant à Van Gogh... L'étonner avec mes petites actions directes ? mes exploits de manif et mes heures en GàV ? Laisse-le bosser. On picole. Tout se noie. Assoiffés de noyades. Trop tard pour lui parler de moi, mes révolutions et d'une potentielle grossesse. Trop tard pour lui dire que je ne m'appelle pas du tout Aloïs... Suffit de devenir Aloïs. Salut Alonso, bienvenue Aloïs. Merci, ça fait plaisir. Écoute-le attentivement, Aloïs. Il ouvre la langue tout en fixant sa toile en cours d'élaboration :
« J'ai toujours manqué de ce dont j'avais besoin. C'est pour ça que j'ai autant travaillé. Mais je n'ai jamais su ce dont j'avais besoin. Ma femme ne m'a pas trop aidé sur ce point... Aucune idée d'où elle peut être. Tu la verras plus tard. Plus tard aujourd'hui, je pense. Elle part comme ça la prend, mais elle revient toujours. Il y a des conflits qui l'attirent. Elle est toujours revenue. Il y a des luttes qu'elle ne peut pas manquer. Une fois, elle est partie quelques mois... elle est revenue. Ça ne fait que quelques jours... Hier ? J'ai l'impression que ça fait plusieurs mois déjà ! Tu vois, pas si longtemps finalement. Mais avec le temps, on arrange les choses plus facilement. C'est une habitude qu'elle a encore. Je la comprends. Surtout en ce moment. Elle le dit que la colère est incroyablement diffuse... Je m'en rends compte aussi, évidemment, ça va péter, mais je ne sors plus... Plus autant. Faut bien comprendre que je ne suis qu'un vieux con. Il faut savoir où et quand respirer ! Elle me laisse ses photos en attendant. Elle sait que j'aime les tordre, ces photos. Jouer avec. On collabore sur différents supports et ça étire nos dialogues. Elle

photographie, je t'ai pas dit ? C'est une grande photographe, ça c'est certain... Elle garde toujours les négatifs avec elle, et quand elle revient et qu'elle retrouve le tas de photos pliées et tordues, elle sourit et me tend tout un nouveau tirage. Regarde Aloïs, j'en ai une petite pile là. Il y en a une qui m'a toujours échappée. Elle était jeune. Un autoportrait. Je crois que c'est le papier utilisé. J'arrive pas bien à le prendre en main et le tordre. C'est pas le genre de papier qu'on tordrait, n'est-ce pas ? »

Elle porte les cheveux courts, des traits androgynes, et quelque chose dans sa bouche ronde se reflète sous le pâle bleu de ses yeux. On dirait qu'elle rit. Aloïs la reconnaît évidemment, presque sans émotion. Il s'y attendait. Le portrait s'impose. C'est elle qui était en-deçà de la figure. Il la compare avec d'autres images, plus abîmées mais reconnaissable. Le visage évolue doucement d'une photo à l'autre, les différentes époques arrangent des gouffres, mais elle quitte rarement cet air hagard, même quand elle rit. Le vieux indique plusieurs clichés qu'elle avait pris dans la rue, sur différentes époques : « Sans déconner, elle n'a jamais su ce qu'est une trajectoire et se contentait toujours de flâner. Quand j'ai remarqué ça, j'ai tout de suite pensé : Voilà une femme qui sait entretenir l'aléatoire ! J'ai longtemps cru que c'était une des choses que ne pouvait pas parvenir à saisir la photographie... Une des vues qu'on ne pouvait laisser qu'à la peinture. J'avais tort, mais je vais te dire, le peu d'intérêt que certains peigne-culs peuvent avoir pour la peinture ou la photographie d'art révèle bien une sorte de refus face à ce qui est là mais qu'on oublie trop facilement. Autant de réalité, c'est louche.

Ils ne veulent pas que ça les pique, ils veulent de l'illustration, du décor. Rien qui aille au-delà du paraître. Y'a aussi tout un milieu dans l'art qui s'abrite derrière l'ironie faiblarde des tentatives conceptuelles… la plupart créées par l'intelligence pour l'intelligence. “Le jour où l'on a commencé d'écrire Intelligence avec un I majuscule, on a été foutu.” C'est Degas que je te cite ! Mais ça arrange ce qu'il y a de plus bas au monde : la spéculation est une tumeur dans mon secteur professionnel, je te le dis. Ils se reproduisent dans une froideur stérile. Enfermés dans un langage qui se refuse aux autres. Tu sais, souvent, y'a rien de plus xénophobe que l'art. La Culture avec un grand Cul. Ses fidèles ont pas la honte facile comme moi. Ils ne voient pas leur ridicule… Ils ne sortent de leurs frontières que pour être méprisant. Ils sont ces touristes rougeauds et beaufs partout, sauf dans les quelques mètres carrés de galeries aux allures de PMU pour beaux quartiers. Je préfère quand on se prend pas au sérieux, quand on pète pas plus haut. Même si j'admets qu'il y a de l'arrogance à trop tirer sur la corde de la modestie… Là, eux, c'est que des parieurs qui se complaisent dans des vernissages de gros sous et de gros mots métatextuels. Tu mets un type qui sort fraîchement d'un salon mondain dans un bistro, tout le monde va se demander de quelle planète il débarque ! Et lui, il va entretenir la distance. Pour se venger de sa facilité, de ses absences d'engagement, il réprime et se moque de l'accessible. Il te parlera comme à un enfant pour que tu comprennes bien combien sa pensée est complexe. Tous pourris. Ils font des citations tronquées. Des comparaisons gratuites… et puis, parfois, ils m'achetaient quelques toiles ! C'était la moindre des choses, non ? Une manière de justifier leur existence. Ça renflouait mes caisses vides... Fallait pas que je l'ouvre trop. Ma femme arrivait parfois à bien s'entendre avec certains. C'est marrant comment certains bourges s'entichent d'anarchistes. Ils soutenaient son anticapitalisme avec leurs capitaux. Et puis elle en avait du capital symbolique. Elle recollait des bouts. »

Aloïs se ressert du dessert et observe le ressassement du peintre. Un ressassement qui appuie sur son crâne, le presse jusqu'à sortir un même jus de sa bouche. C'est ce qu'on lui a le plus reproché dans sa longue vie artistique. Préférer le geste à la pensée. Donner des claques sans s'expliquer. Ils ont cru que par là, il méprisait la pensée et idolâtrait le geste. Mais évidemment, même lui ne peut se contenter du geste seul. Il adore construire son discours. Il s'attache à être le moins conforme possible, de manière souvent désuète, avec la même habitude faussement nonchalante d'une cigarette que l'on allume. Tout faire pour se donner une prestance de secours quand on a peur de ses propres silences. Le vieux fume et jette des regards de plus en plus inquiets vers ce jeune Aloïs qui se tait devant ses oraisons faussement radicales, approuvant avec toujours plus d'intérêt.

Le peintre se met en devoir de raconter de nouvelles histoires. Des anecdotes la concernant. Donner un peu de place à l'absente. Des souvenirs qui viennent au hasard et cherchent à former des mythologies intimes. Avant de vraiment la connaître, on lui avait parlé d'une jeune fille qui serait tombée d'un pont. Pas tellement volontairement. Et puis c'est elle qui le lui avait raconté plus tard : elle dansait aux débords d'un vieux pont.

Dans une ville ancienne. Son sang s'agitait d'une valse chorégraphiée par trop de whisky. Elle dansait et sa robe accompagnait le zèle de ses jambes. Elle ne sait plus si elle a plongé, sauté ou
trébuché.
Mais la chute.
Et le silence. Elle s'enfonçait. Elle coulait, hypnotisée par le vert émeraude de la rivière devenant de plus en plus sombre. Un réveil ensuite. Elle ne sait plus si c'est le manque d'air, un instinct profond ou le désir de remonter vers ce vert lumineux qui la fit revenir à la surface. Tout autour, on s'agitait. La police fluviale et tout le toutim. On ne voulait pas qu'elle panique. Ils croyaient à un suicide. Mais elle avait rarement été aussi calme, sa vie entière. Un accident bête. Un peu ivre. C'est un sourire béat qui raconte. Une fierté dans le vocabulaire et ce qu'il exprime en images. Probablement une de ses histoires qu'il a pu répéter sans se lasser. C'était Sarah.

Une odeur de café fait nuage. Le vieux s'éclipse dans la cuisine, dessine une troisième ligne sur le mur en demandant d'un air distrait si sucre ou sans sucre. Encore quatre jours avant la fin.
Revenant avec deux tasses, il dit : « Je ne me suis pas tué plus tôt parce que j'étais avec elle. Je m'oubliais en elle comme certains s'oublient en un dieu ou une idole... J'ai pas honte de le dire. On est amoureux, on est fasciné. Ça peut ne pas durer bien longtemps, alors faut en profiter. J'ai connu des types qui prenaient l'art pour idole, et qui ne se tuaient plus. Des fois, c'est vrai, ils se laissaient mourir, mais presque par oubli tellement l'idée qu'ils s'étaient faits de leurs majuscules les dépassait... »

Il prend une pause et poursuit d'une voix amusée : « T'en as d'autres même qui vont avoir la mort et le suicide pour idoles ! Haha ! Ils te citent des philosophes : "Le suicide est la seule question philosophique qui vaille." Mais ceux-là, ce sont probablement les derniers à vouloir crever. Ils attendent l'accident plutôt. L'idée de pouvoir se donner la mort les maintient en vie, tu comprends. Un sentiment de puissance quand on est au bout du rouleau. Ça arrive. C'est cocasse. Ça m'est arrivé, un peu. Avec elle, plus rien. Des sourires ! Des dimanches matins, au lit, sans mouvements. Se déchirer pour aller préparer une bête tasse de café, à se partager sous la couette... Et autre déchirure, des heures plus tard, pour se préparer un bête petit-déjeuner... Et parfois, la nuit tombait... »

Il vide encore un verre avant de boire son café. Son sourire s'étale. On est bien. On est peinard. Et puis il se lève brutalement, traverse la pièce jusqu'à la cuisine, fouille. Bruits de couverts remués. Aussitôt, le voilà de retour avec un couteau. Je souris mais me recule sur la chaise, par réflexe. Qu'est-ce qu'il vient foutre avec ce couteau ? Il me fixe en ricanant : « Qui es-tu vraiment, mon petit Alonso Aloïs ? » Ne pas paniquer. Lui rendre son ricanement. L'alcool bourdonne. Qu'est-ce qu'il veut dire par là ? Il a capté que mon nom était un mytho ? Qu'est-ce qu'il attend comme réponse ? Il a mal pris un truc ? Mais on n'a pas bougé de la journée et je crois même lui avoir montré un peu d'attendrissement quand il parlait de sa femme. Un peu trop ? L'alcool gronde. La lame glisse dans le creux de sa main et quelques secondes plus tard, un sang noir perle sur la table : « C'est comme ça qu'il faut faire... Tracer une ligne sûre d'elle-même... qui ne s'effacera pas... qui donnera une belle cicatrice. Et tu vois la couleur vient toute seule... elle glisse... pas besoin de l'étaler, sauf si elle te le demande avec de bonnes raisons. À ton tour maintenant ! Vas-y. Je sais que je peux te faire confiance. Je te dis déjà tout ! Montre-moi un peu ce que tu sais faire ! Fini les boniments ! Tout ça sera bientôt terminé, Aloïs ! Mon fidèle ami des derniers jours ! Ma chère oreille attentive ! Mon jeune frère de sang ! »

L'alcool brame contre nos tympans. Putain de merde... j'aurais pas imaginé qu'il irait si loin aussi vite ! Qu'est-ce qui sera bientôt terminé ? Me couper la main pour pouvoir rester ? Ça qu'il suggère ? Ça son jeu ? Il doit vraiment être complètement pété... il doit avoir le "frère de sang" facile. Si deux jours de biture suffisent... Sa main accumule les crevasses. L'alcool perce et puis merde, c'est quand même marrant ! Bois un coup. Retour en enfance ! Le couteau... une jolie ligne dans la paume... Voilà, c'est fait. Rapide et sans bavure. Le sang empâte aux doigts. Il m'attrape la main de la sienne. Des larmes dans ses yeux ? Son visage est zébré d'un sourire béat. Et puis ça me contamine. On est bien. C'est complètement con, mais c'est vrai qu'on est bien. L'alcool m'œillère. Allez, faut trinquer et vive la famille !
« Je savais que tu ne reculerais pas devant l'obstacle ! On se connaît à peine, mais je le savais dès qu'on s'est vu : un dernier témoin. On ne cherche à savoir que ce que l'on sait déjà... Des confirmations. On veut juste comprendre ce qu'on sait déjà. Ce qu'on sait de nous, au plus profond. J'aime pas beaucoup les idées, notamment à cause de ça, tu commences à piger ? C'est peut-être pour ça que j'en balance en avalanches. Elles sont

toujours trop lourdes. Mais là, plus de triche ! Les lignes font cicatrices ! Quand la fin approche, on a autre chose à faire que tournicoter des idées entre elles, pas vrai ?
– Oui, c'est marrant ça, j'aime aussi quand je lis un truc et que je me dis que j'aurais pu dire exactement la même chose. J'en avais l'intuition, là, et maintenant, je peux mettre des mots dessus. Ça fait du bien, et en même temps, c'est pas un confort que je voudrais entretenir. Faudrait quand même que ça me dérange.
– Ahhhh, ça y est ! Nous y voilà ! Tu parles Aloïs ! Tu parles ! »

J'ai cru le voir prendre du sel pour en mettre sur sa plaie, avec la précaution d'un vernissage. J'ai dû mal voir. C'était probablement autre chose. D'ailleurs, il m'apporte du désinfectant. Un peu de lumière dehors. Les lampadaires ou le crépuscule ? Rien ne vient. Encore l'après-midi. Comment savoir ? Il faut que je pisse aussi. Il continue de parler. Excuse-moi. J'ose pas le couper. Faut que j'aille aux toilettes. Une pause s'il-te-plaît. Fini les discours ! Toilettes ? Je suis debout, mes jambes ont pris le contrôle de ma décision, la vessie doit y être pour quelque chose. Je bafouille. Il sourit et s'arrête enfin dans son soliloque. Couloir, droite, braguette, soulagement, enfin. Une petite merde flottille sous mes yeux. Il a dû tirer la chasse d'eau sans vigueur. Impatient. En attente de pouvoir parler déjà. Une drôle de couleur. Un peu de sang peut-être. Sûrement une maladie quelque part. Je joue avec ce petit bout de lui du jet de ma pisse. Faudrait mettre de l'acide chlorhydrique là-dedans, c'est quand même un peu dégueulasse. À mon retour, il roupille. Il m'a servi un grand verre de pastis, sans eau.

Dehors, le jour brille encore d'une lumière fébrile et blanchâtre. Il va faire nuit d'ici une heure probablement. Je m'assois pour contempler mon verre sans le boire. D'une main je fais tourner le liquide ambré, et de l'autre je donne des petits coups d'ongle, produisant un son cristallin qui se brise aux quatre coins de la pièce. Je l'imagine dans cette posture, ne sachant pas quoi faire ni comment se remettre à travailler ; pensant avoir perdu trop de temps, et en perdant encore plus à se le reprocher. Il doit finir par se rassurer en transformant sa paresse en patience – sa léthargie en fatigue. Un simple besoin de repos pour remettre ses idées en place. Un dernier verre – ou une dernière bouteille. Peu importe.

Le bric-à-brac du studio n'est composé que d'éphémères. Il n'y a que des objets de passage. Futurs déchets, déchets, brouillons... Rien qui ne donne l'impression d'avoir été déposé avec un goût particulier dans un endroit donné. Pas même un vase, une horloge, un bureau, un ordinateur, une affiche – ces éléments qui font discrètement l'intime d'un lieu. Pas de bibelots sur les étagères, rien que des assiettes en plastique qu'il utilise pour manger ou comme palettes de couleurs, entassant les usagées dans un coin : pyramides entachées, tendues vers la rouille des outils passés débris.

Le vieux s'est endormi d'un coup. On vient de finir de manger et la digestion l'a achevé. Il ronfle, tête en arrière, d'avoir trop bu et trop parlé. L'alcool a toujours su encourager une parole massive qui s'évapore une fois dite. Quelques minutes suffisent pour barder et faire oublier ce qui vient à peine d'être affirmé. Chez lui, la tise lui écrase les papilles dès le premier verre. Elle cherche à en faire sortir un liquide verbal comme on percerait un bouton d'acné. S'endormir lui repose la mâchoire. Moi, à l'inverse, ça va, au calme. Je suis encore une fois bien bourré, mais bien éveillé, les sens énervés, pas de fatigue et toujours rien à dire. Possible que parfois je sois un très mauvais picoleur... je peux aussi avoir le vin narcoleptique ou gueulard. Un verre de trop et paf, je m'écrie ou m'éteins. Mais là, vraiment ça va, j'imagine que ça va. Je suis chauffé par l'alcool. J'ai envie de bouger, je pourrais danser franchement ! Toutes ses histoires m'ont bien remué, en vrai. En comparaison, mes petits problèmes paraissent complètement dérisoires. Mais je mens sans doute... disons plutôt que ses histoires sont parvenues à recouvrir les miennes. Soudain, je manque d'intérêt. Par effacement. Pas besoin d'en parler. De le déranger avec ça. Rien de palpitant. Inutile. J'ai bien fait d'être venu, de mettre tout ça de côté. Je n'ai même pas été tenté de jeter un seul coup d'œil au meuble sous lequel je m'étais pressé, en arrivant, d'envoyer le chiffon contenant le schlass.

Je profite d'un soulagement lâche : ne plus penser à mes actions passées, leurs conséquences et les décisions à venir. Ne plus penser aux révolutions en attente... Ne plus penser à moi ! À la place, j'en profite pour me balader dans l'atelier. Étudier quelques toiles. Les toucher, les palper. Je les gratte du bout de l'ongle. C'est pas dans un musée que je pourrais faire un truc pareil. Aucune surveillance. L'autre ne bouge pas trop sur sa chaise. Il respire lourdement, alors je peux devenir un peu plus fouineur. L'intime m'aimante. C'est le moment tant attendu pour me dégoter un petit souvenir de valeur. Doit bien y avoir un ou deux bijoux par là... Rien de précieux sur sa table de nuit. Sa chambre n'est pas tant meublée. C'est plutôt dégueulasse sous le lit. Je regarde au-dessus de sa penderie et y trouve une boîte de viagra. Je fais tout doucement, mais ça me bien fait rire. On peut même dire que je suis ému. Et puis j'entends bien le bruit de sa respiration endormie, à côté, ça m'encourage à ouvrir les tiroirs, les placards. Je m'occupe, c'est tout. Finalement, y'a pas grand-chose à se mettre sous la dent. Une pièce de cinquante centimes par terre que je glisse dans ma poche. Maigre butin. Enfin, retour au salon, dans les ronflements. Je me rassois, et puis je l'ai pile en face : la malle. C'est une énorme caisse en métal qu'il utilise comme desserte pour ses pinceaux et tout le bordel. À hauteur de taille. Y'a un truc subtil à faire pour pouvoir y jeter un œil. Retirer doucement, silencieusement, chaque pot, chaque tube de peinture. C'est des barres. Faut que je prenne le temps. Je prends un temps fou, et puis il continue à pioncer. Enfin, y'a plus qu'un drap à retirer, et je vais pouvoir l'ouvrir. Un des pots de confiture, chargé de clous, se répand en tombant.

Il lui avait raconté que pour avoir trop voyagé, et de manière trop souvent soudaine, il avait petit à petit réduit le poids de ses valises. Grâce à des dons, des générosités aveugles, des détachements impulsifs et sans aucune préméditation. Il pensait se débarrasser de tout artificiel parasite du quotidien. Plus de décoration. En un instant, une indifférence le saisissait face à un objet apparemment insignifiant mais empli de souvenirs et de sentiments. Il se demandait comment il avait pu accumuler tant d'imaginaires dans la poussière de telle

chinoiserie, tel parfum, tel vase ou bouteille vide... Tout le confort fétichiste dont un homme s'entoure pour mieux se rappeler avoir vécu. Alors il avait tout brûlé. Et ce qui ne pouvait pas brûler, il l'avait jeté. Mis à part le strict nécessaire bien sûr – quelques vêtements, quelques outils. Il n'avait voulu garder sur lui que ses tatouages : cicatrices accidentelles ou naturelles. Il n'emportait plus rien, sinon son corps entier vibrant en chaque organe.
Se séparer soudainement de toute sa bibliothèque et de tous ses carnets, croquis, c'était aussi une manière de se les approprier définitivement. Au moins, rien ne pourrait venir de l'extérieur pour les lui enlever. Il ne craignait plus les cambrioleurs, les imprévus. C'était lui qui maîtrisait ses propres incendies. Plus d'excuse pour ne pas travailler. Plus rien qui ne le pousse à se méfier de ses propres échecs.

* * *

Il explose de rire au réveil, de la même façon qu'un amas de tripes s'étalerait sur la table. Il a l'esprit de césarienne. Tout en découpe. Une éviscération soudaine qui s'élancerait en un épanchement sonore. Sursauts. Il éclate. Ne remarque pas la malle dénudée. Aucun mot. Il fixe Aloïs, ahuri, picorant les clous, persuadé d'avoir été pris en flagrant délit de cambriolage, et lui rit au visage. Bientôt le rire est partagé avec violence. C'est comme s'il lui disait : « Regarde-moi. Je ne pense plus, je ne parle plus, je ris. Regarde-toi, tu pensais trop, tu ne parlais pas, et tu ris. Ne parlons plus, n'écrivons plus, ne pensons plus – RIONS ! »

Et lui, encore secoué par l'esclaffade : « Bordel ! Même quand je pionce, j'ai l'impression d'avoir la pensée qui déborde. Y'a qu'un moyen d'en sortir, c'est l'étouffer par du rire. Et de l'air ! Aloïs ? Tu sais quoi ? Sortons ! Je vais te montrer un petit coin où les volets sont de métal ! Ils sont d'orages ! Il fait trop beau encore pour ne pas provoquer d'orage ! Mais attends... Finis ton pastis d'abord ! »

Aloïs dissimule discrètement la malle. Ils s'entraident à passer la porte. Le crépuscule vient de tomber et les lampadaires sont allumés depuis peu de temps. Le peintre guide, d'une lampe à l'autre, et avance en direction du bistro. En pleine course titubante, son corps s'élance, fusée organique à travers les rues. Difficile de le suivre. En trottant derrière, il lui semble qu'il n'a plus de poumons. Ne plus avoir besoin de poumons. Ils avancent comme deux squales morts de faim. Des requins en quête de proies. Là-derrière, dans le sillage du peintre, il perce l'air et y creuse un tunnel dont on ne chercherait plus la sortie. Inutile de sortir de là, l'épaisseur nocturne a une gravité plus intense qu'un plein jour. Quelle heure exactement ? Qui parle de secondes ou d'heures ? C'est pas possible. Les gens sont si vulgaires. De plus en plus. C'est pas donné à tous de savoir élaborer un instant. En pleine course, ses jambes l'entraînent dans une discussion brutale avec le béton de la ville qu'il piétine comme on bouscule un ami d'une claque écroulante dans le dos.
Le corps entier est en marche, dégingandé, décidé. Il fronce les sourcils chaque fois qu'il se met en route. Chaque fois qu'il sort de chez lui. Décollage immédiat. On ne sait pas s'il s'apprête à affronter un qui ou un quoi. Les poings serrés, les pas forcés, le crâne rasé, la

sévérité de son allure doit en pousser plus d'un à changer de trottoir. Tous deux, ils en poussent plus d'un à changer de trottoir. Un grand jeune tout sec aux longues jambes bancales accompagnant la menace d'une masse aux larges épaules. Deux oiseaux rapaces n'ayant pas assez d'espace sous l'étendue, entre deux sommets. Ils ne leur auraient pourtant rien fait, mais ils ne savent simplement plus comment se mettre de biais. Comment sortir leurs ailes de leur axe. Pire : comment se déposer. Le bistro est en vue. Un rire secoue le peintre. Une toux, et le rire est craché sur le sol. La porte s'ouvre avec fracas. Ils abordent.

* * *

« Écoutez-moi tous ici ! Fermez-la ! Vous êtes tous que des cons ! Ça me dégoûte ! Je hais l'homme et tout en l'homme me dégoûte !... Sauf parfois quelques clins d'œil séducteurs... Mais si un homme, un homme qui marcherait devant moi, posait son pied dans une merde, alors croyez-moi, je serais le premier à rire ! Et si au contraire, il l'évitait ! Je te l'attraperais par le col et l'accuserais tout de suite d'hypocrisie !... Je le hais dans tous les cas. C'est une merde dans tous les cas ! Il est là, devant moi, dans mon regard, et se déhanche avec trop de bêtise. Regarder un homme trop longtemps, c'est comme répéter jusqu'à l'absurde un même mot : homme homme homme homme homme homme homme homme homme homme... Ça veut plus rien dire, trop rapidement. Ça décape ce que ça camoufle de vanité. Quelque fois, un funambule, c'est vrai, qui du haut de son fil, de sa hauteur, m'attise le regard et me révèle une chute... Il n'est plus question de merde mesquine en coin de trottoir, tu piges ?

– Ta gueule, barbouilleur !

– Je la fermerai si je veux !

– On ferme !

– Et ta mère, elle ferme aussi ?

– Allez, on se casse ! Demain y'a ping-pong ! Allez les enfants !

– Un dernier alors.

– Allez, un dernier pour moi et mon petit caniche ! Vous le trouvez comment mon petit caniche ? Avec ses jolies boucles ? Il me suit partout depuis hier ! Il est pas beau ? Y'a des hommes de merde, et des chiens de merde. Il me colle aux basques et lèche mes fonds d'assiettes, comme un vieux clébard perdu.

– Ta gueule, barbouilleur ! Moi j'le trouve sympa le gosse, commence pas à l'emmerder !

– Sympa ? Tu nous disais pas qu'il t'avait arnaqué de deux cafés l'autre jour ? T'as beau l'avoir excusé, il est plus mesquin qu'il n'y paraît. Attends, on va lui faire jouer un numéro : allez, allez le chien chien, fais le beau, aboie ! Il a pas de muselière, mais tu vois, il mord pas, il a pas les dents coriaces. On l'appelle Aloïs, y vous a pas dit ? Comme Alzheimer ! Aloïs Alzheimer haha ! L'inventeur de l'oubli carabiné ! Allez, un dernier ! Pour le chien et son maître !

– J'ai dit non, on se casse ! Allez les ivrognes, plus vite ! »

Il n'est pas encore minuit, seulement le barman n'a qu'une envie : retrouver la patronne à l'étage. Il avait prévenu. Parfois ça dépasse l'horaire, parfois ça l'avance.

La troupe se dirige lentement vers la sortie. Certains, accrochés avec fureur au comptoir, espèrent faire partie des chanceux qui prolongeront encore un peu le confort alcoolisé du zinc. Peut-être qu'il baissera le store et remplira quelques pintes. Allez, encore un. Sois pas vache. Encore un autre. On va chez qui après alors ? Allez, encore un pour la route. Dans un verre en plastique, ça me suffit. J'ai juste besoin d'un petit pénultième avant de me coucher !

Sur le chemin du retour, je rage et sens combien mes oreilles chauffent. Je n'ai qu'une hâte : ouvrir la malle et jeter un œil dedans. J'y trouverai peut-être des trucs de valeur. Je vais me le faire. Mes poings se serrent d'impatience. Je peux pas tabasser un vieux, mais je peux le dépouiller. J'ai eu le temps de dessoûler un peu dans le bar – c'est pas pire. Concours de grandes gueules. Le barman m'a reconnu, il m'a charrié pour les cafés, mais c'est un bon. Il a sorti le coup des cafés suspendus. Il a bien capté que j'avais pas de thunes et il a pas voulu m'afficher. Surtout pas devant l'autre vieille merde. J'ai quand même soif et je piquerai bien une bouteille chez lui du coup. Il s'est bien foutu de ma gueule mais j'ai déjà eu mon lot d'ivrognes... Pour ça, je pense avoir le cuir dur. Mon père m'a mis à la bonne école. Un caniche, moi... un chien... c'est lui le fils de chien ! Il en faut plus pour me rentrer dedans. D'ailleurs, il balbutie des excuses et continue ses histoires à côté. Il n'arrête pas de parler mais je n'écoute plus. Il doit bien sentir que je suis à cran parce qu'il radote. Il voulait un public pour m'humilier, le bâtard... Et voilà qu'il enchaîne en racontant une même anecdote pour la deuxième fois de la soirée : des années de ça, avec un grand, un des plus grands agents du Milieu – milieu de l'art. Qu'est-ce que j'en ai à foutre ? Ils avaient bu et une dispute. Il l'avait insulté et ridiculisé devant beaucoup de mondains. Il a l'insulte facile quand il boit mais faut pas le prendre au sérieux. Le type était influent et il a ruiné de nombreuses occasions d'exposition et de collaboration. Je le maintiens en m'appuyant un peu trop sur ma mauvaise cheville. Il dérape.

« Les fous dansent sans joie. Ils dansent parce qu'il le faut. C'est une question capitale, dangereuse. Il n'y a pas de mouvement sans danger. Le seul moment leur permettant de se détendre, et donc de rire, c'est au repos. Seuls les fous conçoivent pleinement l'incertitude du monde. Le tremblement et l'ivresse devant l'incertain. La certitude, c'est un mensonge qui danse – question de chorégraphie.
J'envie les sobres, au fond. Ils ne se cognent pas continuellement contre eux-mêmes. Ils attendent les dernières minutes pour partager leurs angoisses de la fin. Ils regretteront un peu, peut-être, d'avoir tant attendu. T'en as que ça prend, à certains âges, je l'ai vu. Le travail, la famille et le soucis du voisinage les ont cernés trop longtemps. Ça les prend à un certain âge mais c'est trop tard, ils sont ridicules. »

Je soulève le tissu miteux. Malgré un épais nuage de poussière, j'admire la charpente métallique de la lourde et imposante malle, comme ces coffres au trésor qui peuplent les jeux d'enfance. Encerclé des produits et ustensiles sales que j'enlève un à un, je me déplace tout autour avec précaution. Le vieux est parti se coucher. Il s'est levé et dirigé vers la chambre en marmonnant. J'ai vu qu'il s'était écroulé tout habillé sur son lit et j'ai doucement fermé la porte derrière lui. Je m'ouvre une petite bouteille, au calme, et reprends mes fouilles. Un minutieux examen du coffre suffit pour repérer le loquet, verrouillé. Je n'ai pas d'outils à portée de main, alors autant récupérer le couteau que j'avais balancé sous le meuble. En grattant un peu le bois autour du loquet, on peux y glisser la lame pour un effet de bascule et puis tout faire sauter, d'un coup, en silence. Je n'ai pas compris tout de suite ce qu'il contenait. Il en est sorti d'abord comme un râle de ressuscité, une expiration muette et vide.

Rapidement, entre deux bibelots, il se saisit d'un carnet. Une couverture cartonnée rouge avec une date inscrite au feutre dessus. Il ouvre une page au hasard et lit sans réellement comprendre ce qu'il vient de dénicher :
« *Il n'a pas de trajectoire fixe. Jamais de trajectoire fixe. D'ailleurs, ce qui est fixe n'existe pas. Tout est discontinu. Il n'y a pas d'autre condition. Ce genre d'affirmation même est complètement discontinue et n'engage à rien.* »

Ça l'amuse d'abord. Le bâtard, ça serait pas le bordel qui aurait dû cramer ? et tout en surveillant l'heure des derniers métros qui arrive, il se dépêche d'ouvrir son sac pour y plonger le plus de carnets possible. Puis il ferme doucement le coffre et tente de tout remettre à peu près à sa place – draps, verres et outils. Le mouchoir enrobe à nouveau le long couteau, et il le coince dans un des pots, au milieu de gros pinceaux aux manches similaires. La porte se referme sans bruit. Des pigeons qui s'abritent sous le porche s'envolent. D'un coup, la pluie s'abat violemment sur lui mais sans se presser, il s'éloigne de l'atelier en fredonnant, bouteille à la main, l'ivresse bien placée.

Le Quatrième Jour

Où notre héros comprend ce que dissimule la malle et sa terrible réaction

Sa main le blesse. Il n'arrive plus à la fermer correctement et cherche à en nettoyer la plaie. La bêtise du geste le renverse. La lame contre sa peau et l'impression d'une nouvelle amitié : une cicatrice pour se souvenir qu'il faudrait toujours se méfier des petits envoûtements. Son ventre se crampe. Il s'est réveillé plusieurs fois dans la nuit, réalisant chaque fois d'un juron le contenu de la malle et ce qu'elle impliquait de remise en question. Son estomac aurait besoin d'éponger l'alcool de la veille, mais ses placards sont toujours aussi vides. Il se rend désormais compte des postures du peintre. Surtout, sa naïveté lui lacère la pensée. Il s'est fait rouler, insulter, humilier devant une bande de poivrots... ils ont bien ri, tous, avec le coup du caniche... Sa fascination s'inverse brutalement. Elle ne tient plus à rien et s'écroule, l'écrase, appuyée par la perte du boulot, l'absence de thunes, l'exaspération politique, la confusion devant cette grossesse – toutes ses fuites. Ses mains massent des tripes qui soudain l'alourdissent, émettent d'étranges grognements besaigres. Tout le pousse à nourrir une haine nouvelle contre le peintre : le pus et le sang séché dans la paume de sa main, les journées perdues à se soûler, les injures, la honte, les fausses histoires, fausses anecdotes, fausses idées, fausses petites phrases qui ne tiennent plus devant sa découverte. La faim acère sa gueule de bois.

Il y voit clair dorénavant. Il a vu dans la malle tout ce que l'autre s'était vanté avoir brûlé. Prétention absurde de la table rase. Tout ce dont il aurait réussi à se défaire – des carnets, des livres, des statuettes, souvenirs de voyage ou de rencontres. Ça l'avait fait ricaner hier soir, dans le silence de l'atelier, mais ce matin, devant la petite pyramide de carnets qu'il a ramenée chez lui, un dégoût le saisit. Il lit et n'entend que la voix du peintre qui se vante, se met en scène, se moque de lui, consolide une violence naissante – une envie de mordre. Son corps vibre sous la sensation de trahison. Ses poings se serrent et la blessure de sa main lui devient agréable.

« *Peindre est peut-être le meilleur moyen pour parvenir à me distraire de moi-même. Je crois fabriquer quelque chose, mais je cherche seulement à gagner du temps devant ce que je suis réellement. Là, le détail en face, ou en tête, ou en geste, je deviens peintre et me projette. L'autoportrait, c'est plus ou moins la même chose puisque l'on se dépasse pour mieux s'atteindre. D'un coup, je suis attentif à un point extrêmement réel et vivant, et mon geste le surréalise en ne cherchant plus qu'une mise en scène de ce vivant.* »

Il feuillette sans lire, en sautant les paragraphes, collant des phrases les unes contre les autres, d'une page à l'autre, d'avant en arrière. Il ne sent plus la faim, mais son estomac tire sur chacun de ses nerfs. Ces carnets, soit-disant détruits, ça ne peut pas être autre chose. Pourquoi inventer un truc pareil ? Se foutre de sa gueule. Créer l'admiration devant un irréparable. Plonger dans un mythe romantique. Étaler la prétention de pouvoir se passer de traces. Faire croire qu'il s'était approprié ces notes en y mettant fin, par le feu. La fumée. Le peintre avait bien parlé de la fumée. Il en avait tant parlé qu'ils avaient pu la sentir. Il n'y avait donc jamais eu de fumée ? Il aurait dû s'en douter. Il s'était bien demandé De quel jardin me parle-t-il ?... Pas de jardin chez lui. Dans quel jardin ? Sans bien comprendre pourquoi, amertume en bouche, il regrette que l'autodafé ne soit qu'une invention. Une soif de flammes agite sa pensée. Lui, au moins, il sait qu'il peut véritablement passer à l'action. On lui a même écrit pour participer à une AG discrète, bientôt, qui rassemblerait plusieurs petits groupes qui s'activent. Max y sera aussi sûrement. Rien n'est plus détestable que de se rendre compte qu'un imposteur parle d'action, donne des leçons, et se planque derrière du mensonge de gros lâche. Il sort un autre carnet de la pile. Une autre année, et même chose. Des affirmations pour la postérité ? Des croquis de rues et de visages. De l'aphorisme en pagaille. Journal intime dont l'écriture frôle les mauvais vaudevilles bourgeois, les poncifs pour sites internet de citations célèbres. Il ne peint et n'écrit rien d'autre qu'un amas qui fait croûte.

« *Un soleil se lève et la lumière puissante et blanche du petit matin court sous la brume. Le train accélère. Il s'éloigne, vers l'ouest, tandis qu'un soleil se lève à l'est. Je m'éloigne d'elle, encore une fois. Je ne sais pourquoi la distance se crée dès que je parviens à trouver quelque chose. Je dois partir et laisse Sarah derrière moi.*
Je n'arrive plus à croquer le paysage. Ma fièvre me grignote l'œil et le tend vers sa beauté. Je l'ai calmée en usant du seul inflammatoire que je connaisse : le mouvement de la fuite. »

Le lit plein de tabac froid. Je jette un œil au-dessous pour voir s'il n'y aurait pas un cendrier renversé ou quelque chose dans le genre. Les narines sont imprégnées de cette sale odeur qui accompagne si mal tout réveil. Mon ventre tiraille. Ma gorge est irritée, la toux est brève et s'y abrite. Gargouillement de la parole interrompue. Il faut que je racle le fond de cette paroi pour en retirer la glaire accumulée et la cracher par la fenêtre. Boules spongieuses. Gélatine jaunâtre, verdâtre, qui s'accroche sur les murs, dans les éviers et les mouchoirs. Cette odeur de cendar m'agrippe. Ça peut pas venir de chez moi. Si. Ce sont bien mes vêtements et surtout le tas de carnets qui sentent si fort. Le bide est toujours en vrac. Dehors, il pleut évidemment. Hier – journée bien trop liquide. Bêtement, je n'ose ouvrir la fenêtre. Peur de la pluie. Je n'ai jamais eu peur de la pluie. Pas assez de nuages cependant pour dissimuler une Lune bientôt pleine. Sans doute pleine. Laisser la pluie frapper mes vitres. Préparer du café. Il me reste un fond de soluble.

Les carnets sont là, sur ma table basse. Je les ai sortis du sac en les renversant, hier soir, avant de me coucher. Il y en a beaucoup trop et certains sont vraiment bien amochés. D'autres semblent neufs. Imbibés de poussière et de tabac, ils prennent une place qui m'encombre. J'ai encore du mal à m'éveiller complètement – j'ai eu un sommeil agité et hargneux. Je sens que je me laisse infiltrer par une haine nouvelle. Trop bu encore une fois. Je connais trop bien cet état où le corps se met en PLS. Le réel devient toile d'araignée et mes mains, pattes maladroites, s'allongent entre ses fils. Un paracétamol caféiné, ou deux. Peut-être trois. En attendant la première bière ? Ça me ferait pas de mal de ne rien boire aujourd'hui. Je peux très bien m'en passer. On verra ça. M'organiser. Laisse le mythomane de côté.

Répondre au groupe. Les camarades préparent une réunion dans un squat de banlieue pour préparer des bails... Du sale. Du sérieux. Y'a un truc qui s'active en ce moment. Essayer de voir Max. Cette après-midi ? Voilà. Répondre à tous les points d'interrogation qu'elle a pu m'envoyer. J'ouvre mon portable et lui envoie : "On se voit cet après-midi ?" Accusé de réception – bien reçu. Affaire réglée. Quoique... Je rallume l'écran et envoie à la suite : "J'espère que tu vas bien, bisous". Accusé de réception – bien reçu. Les carnets m'embarrassent. Je les ouvre au hasard et ne peux m'empêcher de voir combien chaque page dégouline de farce. Tu l'as bien cherché aussi, d'"Alonso" à "Aloïs"... Ridicule. J'invente toujours des faux noms complètement ridicules. Ça m'apprendra. J'aurai seulement gagné quelques repas, quelques gueules de bois, et cinquante centimes...

J'ai un, deux... neuf carnets. Même pas un dixième de ce qu'y avait encore dans la malle. S'il n'a pas pu se débarrasser de tout ça, alors peut-être que je pourrais le faire pour lui. Le courage lui a manqué. Comme devant une petite mort. Ça peut être compréhensible. Autant le faire à sa place. J'ai aucun problème avec la pyromanie moi. J'ai même une certaine expérience en feux d'artifice. Il ne sait pas à qui il a affaire et ce dont je suis capable... probablement pas de meilleur moyen pour se venger. Retourner chez lui, récupérer tout ce qui reste dans la malle, y foutre le feu. Devant lui, qu'il comprenne bien qu'on se moque pas de moi gratos. Faut payer... Il connaît même pas mon vrai blaze si la lâcheté le prend d'appeler les keufs. Incapable de mordre, moi ? Un petit caniche de merde ? Et pourquoi pas le racketter ? Menacer d'y mettre le feu. Lui rendre tout en échange d'un bon paquet de thunes. Ça lui donnerait une bonne leçon. Faire comme les cambrioleurs du vieux proprio, mais en plus intelligent. En réussi, cette fois. C'est juste une question de préparation et ça peut très bien payer... J'en aurais bien besoin. Suffit d'être malin, cette fois.

« *Un minotaure dans ma tête se balade à travers les méandres des méninges. Il balance des coups de cornes dans les murs moelleux de ma cervelle. Je crois m'en libérer en me rendant acéphale, mais il tombe et trouve refuge dans le dédale de l'intestin grêle. Une seule réaction possible. Mettre ses tripes sur la table : extraction soudaine qui m'étale comme on éclate de rire.* »

Parcourant les carnets et les souvenirs de ces derniers jours, son projet de vengeance l'obsède bientôt. Il lui occupe toute réflexion. Son imagination paranoïaque prépare la scène. Chacun des mouvements à venir. Il parcourt d'une main les notes du peintre et n'y voit qu'une occasion de flammes ou d'extorsion. Il voudrait mêler les deux. Ses silencieuses approbations, sa passivité des derniers jours le dégoûtent. Il voudrait voir le vieux à genoux devant lui. Une envie de le rabaisser lui démange l'esprit. Beaucoup de croquis rappellent la figure de minotaures dont les cornes l'inspirent. Jamais il n'a senti autant d'aversion pour quiconque – le vieux peintre raté et ses impostures en recherche de reconnaissance, et ses œuvres en suspens, brouillonnes, sans intérêt. Le vieillard et sa femme en fuite, et ses fantasmes d'artistes, et ses réflexions d'une génération à la ramasse, et ses jalousies devant la nouveauté. Le vieillard qui lui apparaît soudain comme un ballon de baudruche, facile à dégonfler. Génération de gros boomers qui nous ont mis dans la merde. Il faut nécessairement le crever pour pouvoir redonner un cours normal à la vie. Tout s'arrangera par la suite. Il suffit d'en finir avec cette histoire, et puis il pourra retrouver Max. Elle comprendra vite. Il saura exactement quoi lui dire, comment réagir. Il saura très vite la rassurer, retrouver du boulot, un nouvel appartement. Suffit de se prendre en main. Il pourrait appeler sa mère et obtenir d'elle quelques réflexions rassurantes. Un cadre rassurant. Ça serait même envisageable que Max rencontre sa mère. Qu'il l'amène dans le quartier. Qu'il lui montre où il a grandi. Qu'elle comprenne un peu. Qu'elle le comprenne un peu mieux en voyant son école et sa daronne et le bâtiment. Ça leur ferait plaisir à toutes les deux. Il se projette déjà dans quelques mois avec elle et un gros ventre et la fierté de fonder une famille. Le mot lui semble tout à coup évident. Famille.

« *Travailler, travailler jusqu'à l'accident, trouver l'accident – se laisser attraper par l'accident. Mais pas d'accident sans travail.*
Gymnastique. Être attentif devant la limite. Quand ça tombe. C'est tout. C'est déjà là. Du travail. »

C'est donc lui qui lui apportera l'accident. Il verra bien, le vieux. Ce vieil ivrogne. Il faut s'attendre à le retrouver ivre, alors ça sera encore plus facile. Il ira le retrouver, avec sang-froid, et il renversera devant lui la malle et tout ce qu'elle contient. Le peintre lui a dit qu'il pouvait repasser quand il voudrait. Ça sera vite fait. D'ailleurs, le portrait à cinquante balles est toujours là-bas. Ça, en tout cas, il compte bien le récupérer. Max vient de répondre à son texto. Lui régler son compte, et puis la retrouver. Et puis aller à la réu au squat, après, ensemble ? Elle lui a répondu qu'elle est d'accord pour le voir en début de soirée, après ses cours. Il aura largement fini d'ici là. Il la retrouvera devant la fac après avoir récupéré tout le fric du bâtard, et il pourra lui payer un resto, peut-être. Ce serait bien. Se rattraper de ne pas lui avoir donné de nouvelles plus tôt. Ne pas avoir répondu à ses messages. Il voit déjà le moment où il lui dira, en la regardant droit dans les yeux : Je veux qu'on le garde. Pas besoin de lui parler d'amour encore. Il se dit que ça viendra bien avec le gosse en route. Ça arrive à tellement de gens. À tout le monde. Ça sera pas si compliqué. Il faut juste se débarrasser du peintre et toutes ses histoires.

« *Encore un rêve d'hôpital psychiatrique d'où je m'enfuis. Une caisse pourrie me prend et bientôt nous sommes loin. Un village et des enfants qui vont à l'école. J'y vois mon petit frère, à l'âge de cinq ans et je me cherche du regard. Je cherche le gosse que j'ai pu être. Il est là tout à coup avec son air niais et je l'attrape par le col pour le secouer comme un pantin. Un sanglot m'échappe et je me ressaisis pour enfin pouvoir me venger.* »

Finalement, je comprends rien à ce fanatisme de la peinture. Un peintre qui aurait besoin de détruire jusqu'à l'idée de peinture pour se réaliser entièrement. Pas possible que ça m'ait plu. J'y connais pas grand-chose, aussi. C'est pour ça. Pour ça que je me suis fait avoir. Il s'est foutu de moi par mépris de classe. Il s'est pris pour mon daron avec un bon vieux paternalisme toxique. Moi, là-dedans, je cherchais juste à gagner du temps. J'avais du temps à perdre. Tenter d'oublier que j'étais peut-être allé trop loin cette fois... Que le truc de l'autre soir puisse avoir des conséquences qui me dépasseraient. La peinture sur toile... bizarre que ça m'ait arrêté quand même. Bizarre que ce portrait m'ait plongé dans autant d'emmerdes. Tout ça pour cinquante balles... Les chefs-d'œuvre n'existent pas. On les invente pour fabriquer de l'histoire. Pour décorer l'histoire. Mais il n'y aura bientôt plus d'histoire. Pas comme l'occident l'a construit pendant des siècles en tout cas : une accumulation de désastres sur lesquels les progrès technologiques et les contrôles des corps se sont étalés. C'est plus tenable écologiquement de parvenir à se projeter dans des délires de postérité et d'éternité. Dieu est mort. L'homme est mort. Vive la nature. Bientôt de la mousse recouvrira les statues et les musées craqueront sous du lierre. Jamais compris le coup de la Joconde. Pourquoi les touristes se pressent autour d'elle et ignorent les toiles voisines. On ne se méfie jamais assez de nos admirations. Du graffiti, voilà la seule peinture avec qui passer du temps. Des chiottes aux murs trop blancs. Ça coûte rien. À part quelques courses-poursuites. J'ai toujours la bombe dans le sac, mais ça fait longtemps qu'il n'y a pas eu de virée souterraine. Je pourrais m'y remettre une fois la cheville arrangée. Au moins, on se prend pas la tête. On cherche pas à vendre. Se vendre, surtout. On rêve pas de musées. Un fronton, ça suffit. Une paire de slogans bien marrants pendant une manif. On peint, et la ville, ou bien un autre graffeur, viendra effacer. Pas compliqué. D'ailleurs, plutôt que brûler sa malle, je pourrais peut-être la lui repeindre... Je sors mes bombes et puis pshhhhit, du noir sur ses pages. Au moins, je risquerai pas de mettre le feu à la baraque. Je vais me le faire, mais je vais pas rameuter les pompiers non plus. J'ai eu ma dose de gyrophares.

* * *

Parfois, un dessin ou une photographie vient illustrer les textes. Ici, il trouve un polaroid où ils étaient les deux, visiblement soûls et jeunes. La vingtaine. Une bouteille à la main, ils se tiennent en équilibre sur une jambe chacun. Ça rigole.

Dans la marge il lit « *Description de l'artiste dans sa jeunesse :*

Un petit homme avec des yeux et un sourire d'enfant. Regard et rire si proche de cette mélancolique monstruosité de l'enfance. Sous le mutisme de cette photo, on attend les cendres de trois-cent cinquante-six mille cigarettes fumées et l'haleine d'après trente-sept mille whiskys engloutis. Les chiffres, un beau jour, se sont stabilisés. Un jour, il n'en pût plus, même s'il a affirmé avoir décidé qu'il n'en voulait plus.

Ça n'est pas que son regard ait tant changé dorénavant… mais il est condamné à une maturité qui lui courbe le dos et lui ride l'œil. »

Et puis sur la page suivante « *Sarah :*

La beauté tombée du pont, que l'on voudrait voir choir avec une extrême lenteur. L'écouter susurrer des symboles génésiaques. Dévoiler les secrets du monde qui se crée sans cesse, gît sous cette peau et dont la bouche attire mystérieusement la mienne.

C'est la langue de cette chair qui connaît et révèle chaque geste. Nos yeux se dérobent, les mains tremblent jusqu'au bout des griffes.

Et puis l'intime ouvre les portes de cet insondable moment qui fait la rencontre des chairs, leur impénétrable musique, ces soupirs en plein élan accumulant chutes et éclats

seuls véritables chuchotements que le silence nous envie (c'est pourquoi, jaloux de ces clameurs à peines expirées, le silence condamne certains amants en les écrasant, en s'insinuant entre eux, entre leurs lèvres devenues incapables de le briser).

Sarah est la seule à parvenir à domestiquer le monstre couvert de cicatrices, l'explorateur d'ombres,
tanneur d'intensités. Combien de fois ai-je cru me libérer en me rendant acéphale ?
Elle seule sait dompter le minotaure. Elle en a vu d'autres. On l'a brisée, enfermée, battue tant de fois... Comment pourrait-elle ne pas savoir faire face à ce qu'il y a de plus épouvantable chez moi ? Je sais ce qui l'a traversée. Besoin l'un de l'autre pour parvenir à nous dépasser. Briser le labyrinthe. Ou bien l'emménager en un jardin d'Éden qui n'appartiendrait qu'à nous. »

Jonglant d'un carnet à l'autre, à travers les époques et les saisons, il lit avec un peu plus d'attention, perdant toute trace du temps. Il commence à douter de ce qu'il va faire. Tout serait remis en question si sa femme était rentrée. Ça changerait tout. Elle ou quelqu'un d'autre d'ailleurs. Un frère ou un voisin. S'il frappe à la porte et que c'est elle qui ouvre ? Il sent déjà son corps se liquéfier sur place. La honte prendre son front. Cela dépendrait alors de sa figure. Les yeux bleus et la pâleur des joues. Le portrait s'impose à son imagination. Elle est peut-être même bien plus impliquée que lui dans l'intensification des insurrections. Il se doute bien qu'elle doit avoir un sacré caractère pour se coltiner l'autre guignol. Et puis il se dit qu'il faudrait peut-être bousculer son syndrome de l'infirmière... faut l'afficher ce con ! Qu'il arrête d'imposer son égo d'artiste en le tartinant partout alentour. Le peintre ne fait que profiter de son absence pour la condamner à n'être perçue qu'à travers lui, son corps et sa parole. Il faudrait la sortir de ce piège et partir à sa recherche. Aérer cet atelier devenu étouffant d'un trop de testostérone. La retrouver, s'en faire une complice. Interrompre et inverser la dynamique apocalyptique de l'atelier.

Échappant à toute décision, il continue de déchiffrer les carnets :

« *Trouvé un travail ! après deux mois sans rien ! aucune idée de ce que cela peut bien être par contre.* »

« *J'ai vu des naufrages violents qui pulvérisaient les rates, les foies et les poumons. Je cherche encore le trou dans ma coque. Cette fissure vicieuse par où je prends l'eau. Une tristesse plane et je ne sais quel vent la maintient avec tant de majesté. Un goût d'alcool m'irrite la gorge chaque matin. Mais souvent la veille, je n'ai pas bu. C'est le goût d'une torpeur. Je ne sais pourquoi je la prends autant au sérieux. Ça pourrait simplement être une haleine acide. Un goût âcre d'un réveil après quelques jours et quelques nuits sans brosse à dents – j'en fais une torpeur. Mes nerfs se crispent autour de muscles ramollis – j'en fais un désespoir.* »

« *Passé la nuit à boire et travailler. Je me suis endormi de frustration, ai nerveusement pété le réveil et deux heures de retard pour mon rendez-vous avec P. S'il ne me prend pas au sérieux : trouver une corde assez solide pour pendaison.* »

« *Lettre lamentable à envoyer à F. après trois semaines de doute :*
Salut mon vieux !
Comment vas-tu ?
J'ai du travail à te montrer. Le discontinu est là et ne me laisse aucun moment de répit. C'est stupéfiant. Le repos n'est plus qu'une sorte d'imaginaire au non-lieu.
As-tu lu le dernier D. ? Il dit des choses épatantes sur l'hétérogénéité du soi. »

« *F. m'a répondu ! Sarah avait raison : je ne pensais vraiment pas que plagier son grotesque vocabulaire marcherait. Il n'a même pas semblé réaliser que je lui avais piqué ses tics de langage, quasiment mot pour*

mot. C'était quitte ou double. Vive l'imposture !
Rendez-vous Galerie X. demain 16h. »

« *Complètement foiré le rendez-vous d'hier soir avec le type que F. m'a présenté. Il m'a emmené dans un bar immonde, beaucoup trop classieux pour moi. Il m'a présenté à des gens immondes. Tout de suite, mes épaules se sont nouées et je me suis contracté en-dedans. Le minotaure a tout de suite allumé ma migraine. Ils m'ont posé des questions absurdes. Je n'arrivais pas à répondre. Je n'ai rien dit. J'en ai entendu lui demander si je n'étais pas ce nouvel artiste d'art brut. De l'art brut. Ils ont cru que je sortais d'un asile ou quoi ? J'aurais dû me pencher et leur baver dans le cou… Il m'a pris le bras pour me dire d'aller prendre un peu de coke dans les chiottes et faire bonne impression, quitte à les choquer. Je le ridiculisais. Il préférait une provocation au silence. N'y tenant plus, je me suis cassé par la porte de derrière. J'ai jeté son sachet de poudre dans une poubelle. Mes épaules sont encore douloureuses de gêne. C'était si embarrassant d'être au milieu de cette fosse pleine de tout ce que je hais. Des clients. C'était des clients aux poches pleines.*
Sarah m'a engueulé en me voyant rentrer bredouille. L'argent l'argent l'argent… Je lui ai expliqué. Je lui ai dit que je les avais remis à leur place et que j'étais parti. Je les avais insultés. Je lui ai dit que ça avait fait bonne impression. Qu'ils avaient aimé ça. C'est sur le chemin du retour que j'ai trouvé toutes les réparties cinglantes. Des trucs pas mal. J'ai jamais eu d'éloquence. Toujours après coup. Elle a vu que je mentais. Elle m'a pris dans ses bras et on a fait l'amour. J'ai eu honte. Pas de moi mais d'eux. Et puis si. J'ai eu honte, et ma haine a débordé. »

« *Le type l'a appelée. Il l'a appelée pour lui dire que je l'avais volé. La coke. Je ne sais pas pourquoi je ne lui ai pas rendu. Il veut qu'on le rembourse. C'est moi le voleur et le junky dans l'affaire. Elle est partie sans vouloir d'explication. Elle pense que je lui mens tout le temps. Je ne sais même pas si elle a tort ou raison.* »

Puisant toujours plus de colère à sa lecture, il envoie valser le carnet dans un coin et en attrape machinalement un autre. Il date d'il y a un an seulement. C'est le plus récent et le seul qui ne soit pas encore terminé :
« *Son odeur. L'odeur de Sarah… J'ai peur d'y prendre plaisir. Je n'ai pas quitté la chambre de toute la journée. De la pluie dehors ; du dénuement en-dedans. Je ne sais pourquoi je mens encore. Même ici. Cela fait presque une semaine que je ne suis pas sorti de cette pièce. Pas même ouvert la fenêtre. Pendant trois jours, je n'ai rien fait. Cela fait trois jours que je nettoie avec acharnement les murs, le sol, les chiottes. Je ne fais que ça de la journée. Les fenêtres closes. Mes poumons s'empoisonnent de détergents et d'hygiène maladive. Impossible de faire disparaître les éclats de peinture. J'ai tout lavé tant de fois… sauf ses draps. Enfin, mes draps où elle gît encore. Des taches blanches s'y sont incrustées. J'ai l'impression que je n'arriverai pas à les faire partir.* »

« *Bientôt mon anniversaire. J'y pense maintenant car je ne crois pas m'en rappeler le jour même, et j'espère que personne ne me le rappellera.*
C'est l'ombilic qui –
il s'éloigne de plus en plus. Il se creuse de plus en plus. Je dois grossir, un peu. Ça l'avait fait rire quand je lui avais dit ça. Sarah me trouvait trop maigre. Elle m'avait répété en ricanant : "Ton nombril s'éloigne de plus en plus, et un jour tu vas voir, il va te tomber dedans."
J'y ai repensé parce que tout à l'heure, je me suis amusé avec un pinceau. Ça va faire deux semaines que je n'ai rien fait alors je me suis assis devant une toile avec un pinceau. Je me le suis mis dans le nombril, côté bois, et je l'ai tourné. La peau se coinçait et commençait à former une sorte de spirale, comme l'obturateur d'un appareil photo, un petit tourbillon, ridé. J'aurais pu faire ça pendant des heures mais je me suis souvenu de mon anniversaire. Son fantôme vient à nouveau de passer. Je l'ai positivement senti.
Demain, je brûle tout ça. Que personne ne puisse se dire que je perds la raison. »

Un croquis de ce qui ressemble fortement au portrait trouvé dans la brocante se répète dans les pages suivantes, encadré de quelques mots :

« *J'ai retrouvé mes ébauches du portrait... Aucun regret de m'en être débarrassé... je me donne une semaine pour terminer la nouvelle version.*
L'ultimatum m'aidera à en finir.
Travailler mes lignes. Si je travaille assez mes lignes, ça sera comme si elle posait à nouveau.
Elle se tenait là, à mes côtés,
et je gardais mon corps noué, incapable d'émettre le moindre son. »

* * *

Vacarme emporté par le métro. Violons grincheux et brouhaha m'obsédant la migraine. Mon attention s'engouffre dans un tunnel assourdissant où tout le monde m'ignore. Cris. Attente. Je ne trouve plus le passage qu'il faut prendre. Le changement de ligne. Quelle destination. Vacarme. Vacarme. Vacarme. Vacarme. Vieillards en route vers la gare. Couples endimanchés pour un pique-nique entre collègues. Prison de conserve. L'ouvre-boîte est perdu. La faim me tiraille le bide. J'attends n'importe quoi... pizza discount. Y'aura à graille dans son frigo, c'est sûr. La chaleur est insupportable et mes mots s'écroulent. J'ai perdu le rythme. J'ai plus qu'une moitié de cerveau. J'ai plus qu'un quart de cerveau. J'ai la pensée qui hoquette. Je ne pense plus droit, et voilà ma tête qui dodeline, confuse et lourde. Mon crâne louche. J'ai mal aux yeux. Immense menteur. Incroyable imposteur. Charlatan de la pensée. J'arrive chez le peintre.

Ses mains sont tachées de peinture et sa femme n'est pas là. Il est seul. Mon sac est alourdi par le poids des carnets. Je pourrais commencer par le lui envoyer au visage. « Bien travaillé aujourd'hui ? » Ma voix est mielleuse. Il est étonné de me voir et je suis étonné d'être venu. Je ne reconnais pas ma voix. J'avais pas prévu de lui parler, de commencer à lui parler comme ça. Ma voix aurait dû être grave et résonnante de mépris. Me ressaisir. Retrouver les insultes de la nuit... Passer à l'offensive. Une offensive plus silencieuse, plus menaçante.

« Et comme je te dis, j'ai craqué une allumette.
– C'était pas un briquet ?
– Non, non, une allumette. Et j'en ai frotté la flamme contre cette peinture que je ne voulais pas faire naître. J'ai reculé de quelques pas. Je n'observais plus que mon impuissance face au feu. Cette fureur sans maître. Des langues torves. La fumée m'entrait dans la bouche...
– C'était où ?
– Dans le jardin.
– Tu as un jardin ici ?
– Non, pas ici, mais tu vas te mettre à m'interrompre tout le temps comme ça maintenant ? Tu me fais perdre le fil... Qu'est-ce qui t'arrive ?
– Non, non, je me posais juste une question. Ça arrive. Continue.
– Bon. Où j'en étais...
– La fumée.
– Oui, alors la fumée... Et plus tard, quand j'ai compris combien cette toile était *moi*, comme *moi* dans mon entièreté, dans ma propre *vie*... j'ai su que je ne pourrai jamais me pardonner le geste pyromane. Je venais de réduire

en cendre mon trop intime, un trop monstrueux. En vérité, c'était l'œuvre que je n'avais pas su supporter. J'avais pris peur face à ce que j'avais observé avec trop de sévérité. »

L'heure passe. Rien ne se passe. Le vieux a offert une bière aussitôt refusée par son jeune hôte. Après quelques questions malhabiles, il s'est assis à la table sans un mot, alors le peintre est retourné à sa toile. Il travaille comme si la pièce était vide, avec légèreté. Un silence grandit. Le silence appuie sur ses yeux qui fixent le peintre avec dédain. Il voudrait attirer son attention. Lui montrer sa colère. Qu'elle lui pète au visage comme une claque, une injure bien placée. Il remarque sa main enroulée dans un mouchoir. Encore une fois, sa voix le déçoit et un ton mièvre se déplie sur le peintre qui y répond sans même se retourner :
« Et ta main, ça va ? Ça te gêne pas ?
– Ha, ça ? Non, non. Ça va...
– T'en as fait souvent des cicatrices comme ça ? Des cicatrices fraternelles ? Tu dois en avoir pas mal, des "frères de sang", non ?
– Non, non... Ces cicatrices, là... Souvent je me suis retrouvé face à des miroirs. Souvent soûl, c'est vrai... De là, mes cicatrices aux poings. »

La tension lui semble être à son comble et pourtant, l'atelier est imperturbable, presque emmerdant. Des tics lui démangent la vue tandis que le peintre lui dit, sans le regarder, qu'il va aller acheter des bières et du vin. Qu'il peut rester s'il veut, s'il n'a pas trop l'ennui qui regorge. Il l'avait surpris à regarder le vide. Il avait des absences qui duraient un temps indéterminé. Il fixait un vague et ne s'en sortait que difficilement, comme on s'éveille après une nuit trop courte. Il fixait un rien et y plongeait sa pensée. Tout semblait s'éteindre. Une certaine peur en résultait. Un étrange plaisir aussi. Il devait penser que ça ressemblait doucement à une sorte de paix intérieure. Les organes saisis par la vieillesse, l'entraînant vers la béatitude d'un abrutissement.

Avant de sortir, il prend son pinceau sale et passe par la salle de bain. Je m'amuse en l'imaginant se maquiller, se mettre un peu de peinture sur la main, les doigts, la manche. L'imposteur voudra se faire beau. Il voudra faire croire qu'il a bien avancé, aujourd'hui. Il a besoin du grand miroir à côté de la baignoire pour se mettre un peu de gouache jusqu'aux avant-bras. Les éclaboussures à réaliser doivent être méticuleuses. Manière de se déguiser. Se farder, comme un dandy trop frêle pour affronter la réalité. Il doit finir par y croire lui-même, se rassurer devant les autres. Combler leurs attentes. L'orgueil des taches qui disent le boulot bien fait. Peinture, encre, ampoule, brûlure, huile, sperme, charbon, sauce... L'orgueil des taches viriles qui prouvent l'ardeur au travail. Un vrai truc de mecs. Tache d'encre d'écrivain sur la boule d'écriture, ampoules aux paumes du fossoyeur, sauce au tablier du cuisinier, terre aux joues jardinières, purin sous les ongles d'agriculteur, flamme aux cils du ferrailleur, huile aux narines du mécano, sperme au rectum prostitué, charbon noircissant les poumons du mineur, sang au visage militaire, merveilleux maquillages !
L'eau s'arrête de couler. Je ne remarque rien de spécial quand il sort, reposant le pinceau où il l'avait trouvé, simplement nettoyé. Avoir réalisé qu'il mentait me

condamne au mépris. Je doute du moindre de ses gestes. Tout chez lui me semble faux. Parvenir à l'humilier me préoccupe et me paralyse. Comment faire ? Il m'ignore. Il pense à autre chose. Il est sorti. Sa peinture n'a pas beaucoup changé alors qu'il vient d'y passer deux heures. Deux heures que je suis là ? Merde. Faudra pas que je rate mon rendez-vous devant la fac. Faudrait que je réponde aux autres pour leur dire si je viens ou pas à l'AG... Mais faut que j'attende encore un peu. Je n'ai pas encore trouvé de moment adéquat pour qu'enfin, il se foute à genoux, devant moi. Ses réponses me trahissent à chaque essai. Je n'ai lancé que des pétards mouillés. Impossible de le surprendre. Tout me trahit, c'est pas possible. Rien qui ne me soutienne. Pas même ma voix.

L'ampoule au-dessus de la table est allumée. Faible soleil couvert de toiles d'araignée, ses éruptions s'allongent en soie collante. L'heure avance. Rien n'avance. La Grande Ourse sera au zénith plus tard – la nuit promet d'être étoilée. C'est le peintre qui le lui fait remarquer, ajoutant quelque chose sur l'apparition cocasse des astres au quatrième jour de la Genèse, bien après la création de la lumière elle-même. Sa bière est vide et le peintre lui en apporte déjà une autre. Ils n'ont pas parlé jusqu'à cette histoire d'étoiles, et la nuit qui s'installe... Ils ont perdu l'heure.
En rentrant des courses, le peintre l'a trouvé à genoux, devant la malle grande ouverte, feuilletant les carnets autour de vases et de dossiers. Il n'a rien dit. Il n'a pas réagi et a continué comme si de rien n'était, comme endolori par une rage imprévue et trop neuve encore. Ils se sont tous les deux mis à table et ont commencé à

boire leurs bières en se regardant dans le blanc des yeux. Désormais, ils se méfient du moindre mot. Un silence de western muet s'est emparé du décor. Aucun des deux n'est prêt à lâcher le premier son. Le moindre vocable serait un signe d'imposture et d'aveux qui permettrait à l'autre de tirer une balle de moqueries. L'après-midi passe et une haine réciproque emplit leurs verres, leurs foies, les enchaîne. C'est cette haine, bien plus que le rituel du couteau fraternel, qui les lie désormais. Ils sont définitivement liés. Ils ne peuvent plus s'échapper l'un de l'autre. L'alcool est bu. L'ivresse est en bras de fer.

« Le ciel promet d'être étoilé ce soir. Ça commencera avec la Grande Ourse au zénith. On pourra aller voir. Lire les signes, se laisser marquer par les époques, les vertiges, les néants. Tu voudras pas aller voir ça, Aloïs ?
– M'appelle pas Aloïs. Tu t'es planté hier. Je t'avais dit que j'étais Alonso, mais j'ai inventé ça aussi. Je m'appelle ni Aloïs, ni Alonso.
– Comment je dois t'appeler alors ?
– Sam, Sami, Belkacem, Jean-Kevin, Rita, comme tu veux. Je m'en fous.
– Alors ça. Les étoiles m'en tombent. J'aimais bien Aloïs... Mais c'est vrai qu'Alonso, ça va bien à un grand maigre comme toi.
– Pour ce que j'en ai à foutre.
– Bon. Tu veux pas me laisser deviner ? Faut croire que j'ai le mensonge contagieux.
– Te surévalue pas. Je t'ai pas attendu. Appelle-moi Abel.
– Bon. On va tenter Abel un moment alors. Mais méfie-toi, c'est pas Abel qui a gagné la première grande bataille

fratricide de la Genèse. Alors Abel, dis-moi, t'as eu de bonnes lectures ? T'as aimé trifouiller mes carnets ?
– Faut croire que oui. J'ai déterré tes cadavres, tu vois. T'avais mal allumé ton crematorium.
– Tu crois pas si bien dire.
– Elle doit pas bientôt rentrer ta femme ? »
Pas vu venir. La baffe est partie. De sa main encore enrobée du tissu, le vieux lui a balancé son bras dans la figure. Un léger filet de bave s'est échappé des lèvres sous le choc. Abel aurait peut-être pu parer s'il avait remarqué que le peintre s'appuyait depuis quelque temps du bras gauche sur la table pour bien étendre un coup qu'il n'avait pas pu retenir plus longtemps. Les chaises sont renversées, tout équilibre est écarté. Les voilà debout, à se faire face au centre de l'atelier, encerclés de cadres. Le peintre se tient en biais, en position de boxe. Le visage rouge, Abel est légèrement ahuri et cherche sur la table un objet. N'importe quoi. La lampe. Une lourde et vieille lampe au pied en bois. Bientôt, ses doigts sont crispés autour d'elle tandis qu'il l'écrase sur le crâne du peintre qui s'écroule. Il se jette sur lui et le roue de coups. Leurs poings s'échangent sans paroles ni grognements. Les toiles forment autant de spectatrices attentives. La foule s'amasse autour des deux corps s'enroulant, s'enlaçant en morsures et contusions. Certaines semblent même réussir à éviter quelques coups perdus, envoyés au hasard. Le vieux parvient alors à le renverser et l'écraser de son poids. Il lui coupe la respiration du gauche et lui plante une droite dans le nez. Le sang coule. Abel prend peur soudain. Il ne trouve plus d'air. L'ancêtre lui comprime la cage thoracique et deux genoux énormes lui coincent les bras. Aucun geste n'est possible. Il secoue ses jambes entre sol et vide. Un

deuxième poing s'apprête à tomber, lorsqu'une bouffée d'oxygène intervient de nulle part pour laisser s'échapper une lâcheté : « J'vais avoir un gosse ! Me frappe pas ! Me frappe pas ! Arrête ! »
La surprise arrête le peintre un instant. Le coup tombe tout de même.

Le Cinquième Jour

Ou comment se déroule une journée
où s'accumulent les luttes

Sur un pont. Un fin pont de briques, soudain. Au milieu du trottoir. L'homme s'y engage, sa valise bien en main. Le pont se brise rapidement et il manque de tomber. Il me jette alors un regard ironique (*quand faut y aller, faut y aller*) et s'enroule une corde autour du cou. Il plonge. Son corps se met à rebondir dans le vide, comme lié à un élastique. De bas en haut, ça rebondit. Il ricane paisiblement.

La pluie tapote sur la fenêtre. Mais pas d'humide. Ça n'est pas la pluie. Tout est sec dans la pièce, dans le corps, dans ma bouche. Des gouttes tombent depuis la cuisine. À la même vitesse que le café s'écoule dans sa cafetière. Mon visage brûle. Du sang séché pèle autour de mes lèvres. Me voilà borgne. Impossible d'ouvrir l'œil gauche. L'éveil en lui-même est douloureux. Je ne peux même pas m'étirer. Mes membres évitent tout geste. Ils forment un bloc de terre aride. Je pourrais presque plonger mes doigts dans ces crevasses. Je l'entends s'activer autour. Servir le café. Déposer une tasse devant moi. J'ai dormi dans le fauteuil. Il a dû m'installer dedans hier soir. Des bandes sur le visage. Nez et arcade. Mes poings me font mal. Mes phalanges se plient difficilement. Prendre mon élan et me lever. Je ne sens plus mon bras. J'ai dû l'écraser dans mon sommeil. Pas vraiment sommeil. Des vapes. En sortir. Je suis sorti des vapes. Ma cheville m'ignore. Il a enlevé mes chaussures et la chevillère. Plus de pantalon. À demi-nu sous couverture. Ne pas bouger donc. Aucune envie de bouger. La couverture est chaude. Il a apporté un café et l'a déposé à côté d'une petite boîte avec plusieurs pilules et l'inscription bientôt illisible « *Pharmakon* ».

« Prends ça avec ton café, des analgésiques. Je te demande pas si t'as bien dormi. J'ai plus l'âge des bastons. Moi j'ai pas pu fermer l'œil. Tu m'as bien abîmé les côtes. En même temps, je t'ai bien arrangé la gueule. Prends ça avec ton café, j'te dis, tu sentiras un peu moins la douleur. Tu peux te lever ou pas ? Bon, je me disais bien... Si tu veux pisser, je t'apporte une bassine. T'emmerde pas. Je la pose là. Je t'ai même mis les carnets à disposition, comme à la bibliothèque. »
Il attrape un de ses cahiers et lit en prenant une voix professorale :
« *Pisser à l'aurore, en plein air, devrait être l'expérience existentielle quotidienne de chacun. Je pisse donc je suis. Aujourd'hui, l'urine m'impose au réel. Je suis un corps qui s'écoule en s'éveillant.* »
Il rit, fier d'être encore un peu puéril : « Tout autour, j'ai fait des dessins de bites en train d'uriner. Pas mal, non ? Les veines et tout. Tu l'avais vu ça ? Comment j'aurais pu brûler des trucs pareils ! Tu comprends, non ? Tu l'avais déjà lu peut-être ? Maintenant, tu auras le temps. Je te les ai tous mis là, les carnets, d'accord ? Voilà. Juste à côté. Tu pourras les lire comme ça. Tu pourras tout lire. T'embête pas avec le reste. Laisse ta cheville et ta gueule se reposer un peu. »
Ils se regardent l'un l'autre. Le peintre l'a bien assommé

hier. Et puis il l'a couché, bordé, et s'est ensuite traîné vers son lit. Ce matin, la tentation était grande de le réveiller à coups de baffes et le foutre dehors. Mais ce visage tuméfié l'avait retenu. Il s'était assis devant un moment, l'écoutant respirer difficilement dans le sommeil. Il avait guetté son réveil.
L'attente est venimeuse, mollesse faussement confortable.

Un fil de lumière jaune me passe dans l'œil gauche. Désormais je me fous ouvertement de sa gueule. Plus je continue à lire ses carnets, plus son personnage se dégonfle. Dire qu'il y a quelques jours encore, j'ai cru au génie. Résultat des courses et de ma petite analyse de sociologue schlag : un enfant gâté, éloigné de tout réel. Fils de bourgeois s'inventant prolétaire, devant moi. Je comprends pas ce genre de types. Qu'est-ce qu'ils leur envient aux pauvres ? Là par pur déterminisme. La vie d'artiste comme une révolte de petit bourge. Regarde ses mains. Elles sont peut-être tachées mais si fines ! Voilà un type qui n'a jamais bossé de sa vie. N'en a jamais eu besoin. Ces carnets me dégoûtent. Je reconnais bien l'odeur maintenant. Une odeur d'imposture. Basse imposture qui s'entretient l'imposture. Clichés ambulants qui prennent goût à leur confort intellectuel. Pacifiste boxeur. « *Ne travaillez jamais. Mais l'héritage de mon père est une peste financière. Ne travaillez jamais. Il me la refilée et elle gonfle sous ma peau, forme des bulbes rougeoyants. Ne travaillez jamais. Ça dérange, démange et m'empêche. Ne travaillez jamais.* » J'enferme l'artiste dans une cellule. Là, je peux le juger, au calme. Lui transmettre mon mépris. Ma haine se saisit du moindre élément jeté dans ses carnets pour en rembourrer ce sac de frappe en peau d'homme que j'écrase. Je me sens habité par la société entière. Le besoin de vengeance nous soude. Mon corps se peuple d'une foule qui toise ce peintre refusant de nous ressembler. Sa vanité nous insulte. Sa différence n'est qu'un mauvais maquillage – ce maquillage ne dissimule rien d'autre qu'un timbré ! Il faut le prendre et l'emporter loin de nous : au goulag ! Vivement la révolution et la dictature du prolétariat, je te jure. Renouer avec le terrorisme des Brigade Rouge et lui tirer dans les jambes. Sa fausse lucidité s'écoulera comme le pus qui se forme dans mon œil. Ça m'épuise. Il faudrait que je me rendorme un peu. Il est enfin jugé et je souris déjà devant le soulagement confus de m'en être dégagé.

« *L'homme est un mythomane inconsolable. Tout est prétexte au mensonge. En écrivant, je tends à être un des plus grands mythomanes qui soit car en projetant mes mensonges dans une mise en scène incontrôlée de mots, j'en tire la vérité qui m'est propre : il n'y a pas plus beau mensonge : savoir mentir pour atteindre une vérité*
que je m'acharne sans cesse à discréditer. »

« Tu sais, au début j'ai cru que tu venais me draguer. Que tu voulais me vendre un peu de compagnie pour quelques billets. Mais ça en est où cette histoire de gosse ? Tu veux plus en parler ? La mère est pas présentable ? Elle t'appelle Alonso aussi, je parie. Comme Don Quichotte ! Tu préfères être ici, au chaud, non ? Surtout pas avec elle, pas vrai ? Loin de cet utérus fécondé qui se débrouille très bien loin de toi et de ton sexe mou. Ça t'intéresse mieux mes vieux journaux. C'est la bonne fuite, t'as bien raison. J'aurais pu faire pareil à ton âge. Je pourrais te les faire bouffer que t'y prendrais plaisir, non ? T'aime ça la merde ? Dommage que tu ne veuilles pas bouger de là. Il fait vraiment très beau dehors. Je suis sorti avant que tu ne te réveilles. Le soleil est bien installé dans son coin. Tu rates un truc. C'est ton affaire. Ça m'a fait du bien cette petite balade. J'aime bien ce qu'ils font, les gars des espaces verts, avec leurs allées pleines de fleurs et de plantes. Y'a quelques années encore, y'avait rien de tout ça. C'est nouveau d'ajouter des arbres ici et là. Avant, ils rêvaient qu'en bitume, les mecs. Maintenant, chaque mètre, je me demande si je reconnais telle odeur. J'y connais rien. J'ai toujours vécu en ville. J'ai jamais eu l'occase de me faire une éducation végétale. C'est un truc que je regrette maintenant. Toi tu saurais reconnaître une plante à l'odeur ? Avec la tronche de ton pif, j'en doute ! En même temps, ça serait difficile de faire pire que moi. Tu pourrais me dire "Cette odeur-là, un peu chaude et sucrée, c'est des ajoncs." Et moi je répondrais "Ah... et ça ressemble à quoi déjà ? C'est pas des fleurs rouges ? Ça s'utilise pas en poison ?" »

Le vieux a raison. Son identité tangue de plus en plus et malgré ses efforts, Abel ne parvient plus à sentir grand-chose. Il se pense tout à la fois tyran tout-puissant et parasite sans muscle. Son prénom ? Comment l'appelle-t-elle déjà ? Pseudos sur les réseaux, pseudos de manif, blaze de graffeur... Et elle, Max, c'est vraiment son vrai nom à elle ? Il se contente de serrer contre lui la couverture devenue lourde de carnets, la perception vagabonde. Il n'y a plus que l'œil, un œil unique qui tourne d'un coin à l'autre de la pièce. Il aurait voulu continuer à dormir. Arrêter la lecture. Pouvoir fermer l'œil valide. Pouvoir s'en débarrasser.

Il marche en plein rêve et il sait que c'est un rêve. Un genre de délire au bord du sommeil. Il est revenu dans le temps, quelques jours plus tôt, comme par enchantement. Il prend le chemin indiqué par les passants, accélérant ses pas, résolus, distinguant l'atelier au loin et puis plus proche, et puis plus grand. Il accélère, sûr de lui, le regard fixé sur la porte. Il accélère et bientôt dépasse l'atelier, sans se retourner ni se renseigner. Laisse l'atelier s'éloigner dans son dos. Une peur mêlée de soulagement se saisit de lui. Il ne peut s'arrêter qu'après une bonne heure de marche. Il flotte et profite pleinement d'un calme irréel. Sa panique ridicule se changeant petit à petit en flânerie pensive, puis en pure déambulation. L'œil agité. Dévisageant chaque badaud, chaque pigeon, chaque muret en pensant aux révolutions à engager. À toutes les actions à mener. Il aurait d'ailleurs fini par s'asseoir et il aurait sorti son téléphone. Il l'aurait appelée : Aucune idée de là où je suis. Aucune envie de te quitter. On se retrouve. On se retrouve quand ? J'aime ton ventre et je t'aime.
De sous sa couverture, entre rêve et projection, il rejouait le début de semaine et imaginait ne pas avoir eu l'idée tordue de trouver le peintre. Il développait les détails qui auraient pu tout arrêter. Depuis le large fauteuil de l'atelier, se réveillant de minuscules mais répétitives siestes, il imaginait la discussion qu'il aurait pu avoir avec Max. Il l'aurait retrouvée le soir même. Tout aurait été réglé. Ils seraient allés à l'AG et des ami*e*s leur auraient raconté comment une énième série d'actions anonymes avaient permis de relancer sérieusement les mouvements de contestation. Qu'il faut intensifier le zbeul. Ils auraient partagé des stratégies et des plans brillants pour la suite. L'antidouleur fonctionne bien

mais son œil gauche le pique, comme planté d'une fine aiguille. Le peintre lui a apporté sa vieille boîte à pharmacie avec différentes drogues accumulées. La journée s'écoule sans qu'il n'y prenne garde. Il n'a jamais porté de montre. D'habitude son téléphone lui suffit pour retrouver l'heure, mais aucune envie ne le secoue pour le récupérer dans son pantalon. Elle a dû l'attendre hier soir et il ne veut pas lire ses insultes ou déceptions. Le peintre s'active autour de lui et depuis la couverture, Abel le change en ombre et se couvre de carnets.

* * *

Il a perdu son pinceau. Merde, tu sais pas où j'ai foutu mon pinceau ? Y'a deux secondes dans ma paume et puis plus rien. Merde. Perdu donc, cette brosse qui lui tachait les doigts. Phalange du majeur, empreinte de l'index et rebord du pouce, noirs. Ce maquillage qui prouvait le travail avant de s'enfuir vers la vaisselle. C'est pas ça qui manque, des pinceaux. Mais celui qu'il était en train d'utiliser. Celui qu'il avait dans la main, il y a trois secondes. Il fouille sans succès le bordel autour de la malle ouverte, objets et boîtes répandus en tous coins, sous les chaises, les meubles. Il envoie ses doigts se promener contre la poussière et pose ses découvertes sur la table. C'est parmi les détritus d'un pot qu'il tombe sur le couteau. Il l'observe un instant, l'ouvre, le dépose sur sa palette, s'assoit sur la chaise et regarde son jeune invité étalé sur son fauteuil, bourré de vieux opioïdes qui semblent le faire tendrement délirer et bâiller sans retenue. Le peintre sait qu'il n'a rien d'autre à faire qu'à attendre. Il est venu pour assister à un spectacle et la scène finale n'est plus bien loin. D'ailleurs, il fallait sans doute qu'un spectateur lui tombe dessus. Il n'aura pas pu y échapper. Une fois terminé, l'odeur n'aura pas le temps d'alerter. Le jeune ira prévenir tout autour à la place de l'odeur. Maintenant que ses mensonges ont été sortis de leur malle, autant raconter sa dernière histoire.

« Tu t'es donné une semaine pour en finir ? Paf, le compte à rebours et tout qui s'éteint. Ciao bonsoir. En faisant des petites lignes sur le mur de ta cuisine ? Le matin, café, une ligne, tranquille. Tu me prends vraiment pour un abruti, non ? Tu penses que je vais te croire ? Et tu risques pas de changer d'avis ? T'es sûr ? Et si ta femme réapparaît ? Tu m'as pas dit qu'elle revenait de temps en temps ? Je crois pas que ça soit impossible, tu vois. J'aimerais qu'elle débarque et qu'elle reste un peu avec nous, tu vois. Et maintenant quoi ?
– Maintenant ? J'ai plus le temps.
– Le temps de quoi faire ?
– Qu'importe... C'est le cinquième jour. Encore deux. Deux jours. C'est tout ce qu'on me laisse.
– Qui te donne ça ?
– Aucun don là-dedans.
– Et une idée de ce que tu vas en faire, des deux jours qui restent ?
– Sûrement pas. Il a toujours été question de sept jours. Le seul moyen d'achever un commencement, c'est de faire une Genèse à rebours. Partir du tout-monde et atteindre l'obscurité la plus totale. Me retirer du monde, mais tranquillement, par étapes. Je n'ai jamais vraiment su quoi faire du présent. Mais maintenant que c'est là,

que le commencement approche... Je reproduis l'acte créateur mythologique par excellence, mais à mon échelle, et dans le seul but de ne plus rien créer. Réussir à me détruire. Alors depuis cinq jours, fallait simplement que j'utilise mon temps pour ressaisir les manies accumulées au fil des années. J'ai toujours détesté parler en termes d'années. Merde, ça repart, je déteste parler avec toi. Depuis le début, je déteste ça. Mais je peux plus y échapper. Tu sais que je pourrais te balancer dehors ? Tu peux dormir tranquille, c'est trop tard maintenant... Je peux même plus me permettre ça. Y'a plus que quelques jours, quelques heures donc. Le fait que tu sois là n'accélère rien. Le rythme ne s'accélère pas. Bien au contraire. Plus que deux jours. Et c'est toi qui pourras vraiment raconter, après. Et quand tu pourras le raconter, avec ton air candide, j'en aurai plus rien à foutre et c'est ça qui me fait le mieux rire. »

Le peintre tente de continuer à lui parler et comprend qu'il n'écoute plus. Ils ne s'écoutent plus. Abel l'oublie, refuse de le prendre au sérieux, de le croire. Il s'occupe d'autre chose et puis soudain, éructe un mot et reprend une discussion restée en suspens quelques minutes auparavant. Sa fatigue le déstabilise. Ce petit con confortablement installé dans son fauteuil : un chat blessé, une ingratitude. Le peintre scrute cette fatigue assise sur ce corps encore jeune. Cette fatigue devenue la grande compagne de ce corps jeune. Elle est toujours là, à lui faire face, à l'écraser de son poids. Quelque chose de très simple au fond. De l'attente. Ça n'est que de l'attente. Ça l'a toujours été.

« Une fois que l'on aura planté mon cadavre
En bonne terre
On verra que j'avais pris le temps de penser à quoi faire éclore
Qu'importe l'arbre !
Pourvu qu'aucun marbre n'entrave ses racines »

Le temps qui leur reste doit être de plus en plus léger. Tout doit se vider, lentement. Le peintre ne cherche plus à affronter ce qu'il y a en-dehors de l'atelier. Il peut se laisser digérer par lui comme un aliment suffisamment cuit. Le décor se resserre. Dehors est inhabitable.

Ce qu'ils font de mieux aujourd'hui : attendre. Ils se provoquent, un summum de remarques et micro-gestes passifs-agressifs, et attendent. Le peintre apporte à manger. Il jette sur la couverture d'Abel une assiette de purée. Il l'a intentionnellement trop salée. Il nourrit son jeune prisonnier, devine comment le faire souffrir. Ils mangent en silence. Il se tait avant de fabriquer enfin quelque chose qui en vaille la peine :
« Et tu l'aimes, la mère ? La future maman ? Parce que ça, ça risque pas de venir avec le ventre qui gonfle. Au contraire ! Tu sais, avec ma femme, j'ai cru lui mentir la première fois que je lui ai dit que je l'aimais. J'avais utilisé une sorte de conditionnel maladroit. Je voyais qu'elle n'attendait que ça puisqu'elle me l'avait dit déjà. On était comme bloqués. Cela faisait quelques jours que je me posais la question. On a fait l'amour ensuite, mais l'acte même était comme un interrogatoire. Chaque fois que nos regards se croisaient, ils se demandaient si l'on ne se mentait pas. On avait du mal à jouir. J'avais peur de lui faire du mal. J'avais dû m'endormir très vite après.

Dans nos silences. Sa présence m'avait surpris le lendemain... Je crois que j'étais heureux. Mais on n'a jamais eu d'enfants. Je sais bien qu'elle en aurait voulu : jouer à Adam et Ève en créant un monde à deux ! Mais j'ai tenu bon : on ne peut pas se disperser autant. C'était soit la peinture, soit la famille. J'ai jamais pu concevoir les deux en même temps... C'était un sacrifice sur l'autel de l'art, peut-être... Ou bien pour ne pas participer à la surpopulation du monde ! Votre génération en parle beaucoup, non ? Sauver la planète en réduisant la natalité. Devenir une planète de vieux cons ! Et puis j'ai toujours eu peur de reproduire l'échec total de mon propre père... Et puis aussi, peut-être qu'on ne pouvait simplement pas... J'ai jamais cherché à faire des tests pour savoir. »

Le peintre est une ruine au milieu de nulle part, cerné de terre battue et aride, empli d'arbres et de broussailles. Quelques branches sont parvenues à défoncer le toit tandis qu'une mousse solidifie le ciment, encadrant les pierres imposantes qui forment le mur. Au sommet d'une calme colline, cela fait longtemps qu'il ne fait plus l'effort de se tenir encore debout. Tout l'a envahi et il a tout pris, ne laissant rien autour – qu'une ruine.

C'est la roulette russe verbale. Un rouleau de mots qui tourne au hasard, un barillet de paroles à risques. On ne sait lequel se précipitera hors du canon contre on ne sait quelle chair. Le mot commencera par frapper et puis il transpercera. On le voit et l'observe dans une lenteur extrême s'enfoncer à travers les organes d'un corps malade. D'un corps trop sain en réalité, silencieux, et donc mortellement malade. Forcément malade, le mot s'y loge, il voudrait déjà infecter. Parfois il creuse encore et pullule en idées et impostures. Plus rarement, il creuse et se révèle tel qu'il est. Une beauté à la contagion facile. Il s'élance alors de plus en plus rapidement dans le corps, le long d'audacieux souterrains.

« Un jour, j'ai décidé de faire poser ma femme pendant des heures. Ça faisait longtemps qu'elle voulait que je lui tire le portrait. Elle voyait ça comme un cadeau. Une chanson d'amour, si tu veux. Alors un jour, je me suis dit que c'était le moment. Elle dormait. Elle était belle avec ce repos sur ses paupières closes et dans le chahut de ses cheveux. La main sur sa joue, je l'ai tirée de son sommeil.
J'aurais pu terminer son portrait très rapidement. Lui dire qu'elle pouvait partir, retourner se coucher, que je pourrais finir seul. Mais j'avais décidé de la retenir, la laisser là, devant moi, jusqu'à ce que le tableau soit entièrement terminé. Je voulais voir sa fatigue lui monter sous l'œil. Et sa moue se détendre. Et ses épaules s'affaisser. Qu'elle s'épuise.
Je l'ai donc levée tôt et l'ai installée sur un petit tabouret légèrement bancal, sans coussin, en lui faisant croire que ça ne prendrait certainement que quelques minutes à peine. Elle regrettait la chaleur des draps mais voulait tant participer, supporter l'inconfortable.
J'ai tracé quelques lignes, juste assez pour que son corps se tienne là, et elle m'a demandé si elle pouvait prendre un livre ou allumer la radio. J'ai répondu par la négative, chaque fois, avec d'absurdes prétextes. J'avais probablement l'air menaçant et elle me souriait, restait silencieuse, me laissant la dévisager, la défigurer... Ma tête bouillonnait. Mon corps s'énervait. Les heures passaient

et Sarah était parcourue de convulsions douloureuses et de crampes.
Au bout d'un moment, elle s'est écroulée. »

Dans un calme morbide, ils s'affrontent. C'est à celui qui écrasera l'autre depuis une inertie commune. Le peintre ne peut retenir sa parole et parle parfois en s'efforçant de ne plus rien inventer. Mais les mots sont difficiles, bafouillent entre abois et chuchotis. Il cherche à trouver le pénible ton des confessions. Il cherche à remuer ce confident qu'il n'a pas choisi. La présence de ce jeune paumé le renvoie aux soupers de son enfance. Le silence pesant qui s'appuyait sur la table familiale et que rien ne devait rompre. Son père, son frère, sa mère entrent dans le corps d'Abel. Ce regard chargé de folie, de mépris, d'une invitation à combler le néant de sa propre présence. Ce regard qu'il toise désormais dans son atelier après l'avoir vu dans le furtif des miroirs, dans le visage de sa femme à son départ, dans le spectre d'un Nietzsche moribond. Il comprend que c'est ce visage qu'il lui faut peindre avant d'en finir. Faire le portrait de cet œil torve. Peindre Abel. Abel en lutte avec lui-même. La mise en place du tableau emporte son corps. La dernière lutte commence.

Il a largué. Il a pété, ça pue, mais il ne s'en est pas rendu compte. Il ne dit rien. Tout est dans le silence. Moi dans ma lecture et lui dans son ombre. Il fixe le dos d'une toile comme s'il allait commencer à travailler dessus. Il aurait fait une blague, j'imagine, s'il s'en était rendu compte. L'odeur est insupportable. Nauséabonde. Acide. Un pet malade. Comme s'il s'était chié dessus. Il bouge pas d'un poil. C'est peut-être ça l'ataraxie, la tranquillité parfaite. Se chier dessus sans le remarquer. Faut que j'arrive à me bouger. Me sortir les yeux des carnets. Ils m'ont englué les doigts, les bras, les tempes, la poitrine, tout. Ils agissent sur moi comme un aimant qui m'empoisonne et parasite ma curiosité, me déprime et m'éveille. Le même réflexe de branleur qui procrastine devant un fil d'actualité. Faut que j'arrive à me casser d'ici, que sa femme revienne de je-ne-sais-où pour lui mettre des claques. Qu'elle revienne reprendre sa place, à ma place. Sa folie m'est tombée dessus et voilà où ça mène : j'ai la gueule en vrac et tout le reste de paralysé. Sa voix m'enrobe de temps à autres, et je ne sais plus si c'est le texte ou l'ombre qui parle.

« Elle s'étonnait de tout. Elle me disait "Étonne-toi de tout". Avec ferveur elle voulait que je sois comblé par un rien. On lisait beaucoup, marchait beaucoup. Beaucoup de musées aussi. Alors fatalement, comme y'avait l'obsession de l'étonnement, ça a réussi, tu piges. Mais en réalité, ça restait de la posture. C'était toujours moi-devant-ça, moi-moi-moi-devant-tout... enfin, je l'étais probablement, étonné... mais des éclairs d'imposture me montaient le chou. Éclairs de lucidité. Ma mégalomanie a toujours tout écrasé... Mais faut pas croire que ça soit si facile. C'était un effort : je m'écrasais face à un paysage, une rue en mouvement, une échappée de soleil, etc. Je m'écrasais et je travaillais à écraser mes souvenirs de tableaux de paysages, de rues ou de soleils – je cherchais l'instant. Ce moment où l'on se répète "je suis là, ça y est" jusqu'à la paralysie de la pensée. "Je suis là, ça y est..." »
Il fait une pause dans son murmure. Le regard vide, fixant un vide, au loin.

* * *

L'œil valide s'est acharné sur les pages des carnets. Il les dévore sans appétit, pour mieux les recracher au sol. Alors il se dresse sur le décor de l'atelier et ressent tout l'enfermement de la peinture. Tout s'assèche. Ce peintre pris dans l'espace clos des cadres, dans la croyance magique aux gestes des toiles. Rien n'est plus effrayant que cette peinture qui étouffe et communique son délire. Seul moyen pour lui de se dépasser... il voit bien qu'en réalité, chaque mouvement de pinceau l'opprime et l'efface tant il a surjoué sa posture de peintre. Tout mouvement le condamne à l'inertie. La recherche de liberté qu'il a voulu atteindre dans la peinture a piégé la sienne, le condamnant à perpétuité dans une mythologie construite pour lui seul, mais possédant en elle-même sa contagion.
Son éloignement social attisait une déchéance qui couvait depuis longtemps. L'un embrassait l'autre. Ses excès avaient ruiné toute amitié, toute volonté, et il découvrait doucement les remous d'une véritable misère. Plus il affirmait son besoin de faire une œuvre, plus il étayait sa solitude. On s'était éloigné de lui, on l'évitait, on le laissait disparaître dans son atelier, sous son ego et sa peinture. Il répétait seulement de manière toujours plus imperceptible : « Je suis là, ça y est. »

La journée passa sur eux en les maintenant dans une même lutte. Ils ne changèrent plus de position. Le peintre poursuivait sa peinture, au couteau, n'osant sortir tant que Abel était éveillé. Il lui attribuait, à raison, des velléités pyromanes. Il préférait le maintenir là, dans ce fauteuil, l'écrasant de sa parole au moindre mouvement. À peine discernait-il la plus petite tentative d'ébranlement qu'il accentuait sa présence. Sa voix s'échappait pour mieux le ficeler, le serrer de son discours comme on le ferait d'une corde. Il le maintenait sous sa coupe, se changeant en porte close. Lui parler d'elle fonctionnait parfaitement bien. Il sentait que la moindre anecdote l'immobilisait plus sûrement, de la même manière que le portrait avait pu le retenir. Une puissance féminine s'élevait de l'absente pour le mettre en attente. Il comprenait qu'Abel n'osait bouger, immobilisé par l'espérance hallucinée de la voir revenir. Une rencontre qui le rendrait au réel, le décollerait de ce piège tenace. Rien de tel que l'espoir pour empêcher tout mouvement ! Lentement, le peintre lui sabotait l'imaginaire. Il rendait tout trop présent, c'est-à-dire insupportablement là. La voir débarquer sur scène lui semblait alors nécessaire pour enfin briser sa léthargie. Elle le tirerait de son inertie.

Il pouvait attendre encore longtemps. Le vieux ricane. Il a hésité à le lui dire brutalement. Cela faisait presque un an qu'elle avait quitté le peintre et son atelier. Il hésite à le lui dire parce qu'il sait qu'il s'en doute peut-être mais ne voudra pas y croire. Cela faisait à peu près un an qu'on avait enterré Sarah dans le cimetière d'à côté.

Dans la Genèse, le troisième jour fut celui de la création de la terre, enfin séparée des eaux.

Le Sixième Jour

Comment notre héros finit par se laisser prendre, provoquant ainsi sa chute

Impossible de trouver le sommeil. Un asticot m'est entré dans la cuisse. Il ronge. Il me ronge, maman. Il se creuse des galeries. Me gratter n'arrange rien. Je suis bloqué dans ce fauteuil depuis longtemps. Combien de temps ? Deux jours ? Deux nuits ? Peut-être quelques semaines... Ça doit bien faire quelques semaines ! Maman, j'ai eu la fièvre et me voilà coincé chez un fou. Je ne sais pas exactement quels sont ces antidouleurs qu'il m'a refilés. Du poison. J'aurais dû lui demander la boîte. Ce sont mes vêtements qui m'ont rendu malade. Mes vêtements imbibés de toutes ces peintures et tout l'alcool... Ne plus bouger maintenant. Si je veux pouvoir saisir l'asticot... Ne plus bouger. Sortir, c'est se blesser.

Quiconque ayant déjà visité le peintre dans son atelier aurait de grandes difficultés à le reconnaître. Le vieux et son espace sont désormais si transformés que l'on croirait se tenir devant le résultat d'une opération d'alchimie ayant mal tourné. Des années auraient pu s'écouler en quelques jours. Plus rien n'est à sa place. Autrefois calée contre le mur avec des airs de table basse invisible au regard, la malle est ici une gueule béante, à l'haleine lourde, profonde et vide au centre du salon. Divers amas l'encerclent – livres, vases, vin, statuettes, pinceaux, dossiers, coffrets, croquis, flaques de peintures, d'alcool et d'eaux sales... Les toiles, auparavant déposées les unes contre les autres comme les côtes d'un homme, sont éparpillées au chaos. Un nombre impressionnant de bouteilles vides charge la table et la cuisine. Dans un coin, un corps est recroquevillé dans le fauteuil, endormi peut-être. Une couverture rouge le dissimule jusqu'au nez. L'un de ses yeux est cloqué noir et le crâne est enroulé de bandes blanches teintées par le rouge sombre et jaunâtre des infectés. Le peintre marche de long en large en se grattant l'occiput et en buvant directement à la bouteille un vin blanc. Ses yeux sont torrents. Il écrase parfois une toile étendue au sol sans s'en rendre compte. Il a été donné au portrait une place centrale, juste au-dessus de la porte, comme s'il s'était agi d'une icône russe. Longtemps il a attendu de pouvoir commencer cette course de sept jours. Cette ultime course vers la fin. Il n'attend plus. Il n'a pas dormi et même si quelques cafetières ont été englouties, c'est le sentiment d'urgence qui l'a maintenu éveillé. Des frissons dans le calme, cet insupportable qui le ronge sous ses va-et-vient – calme plutôt que silence, car les peintures grondent. Il s'est laissé encercler par les peintures, elles l'assiègent. Il se frotte nerveusement là où l'impossible repos a laissé ses marques : petits points rouges sur la peau. Mâchoire aux crocs détachés. Ne plus sortir de la pièce. C'est la seule chose à faire. Pas un regard vers la fenêtre. Barricader ces putains de fenêtres avec les toiles. Rompre avec ce qui pourrait faire jour ou nuit. Ne plus sortir et demeurer dans le cercle. Aucun coin ne l'accueille.

L'autre est toujours immobile sous sa couverture. Seules ses mains frémissent, entre deux sommeils, vers un carnet ou une bière. Il appelle sa mère comme un petit enfant de temps à autre. Son délire s'est accentué quand il a pris les vieux médicaments qui traînaient dans la boîte à pharmacie. Il a probablement la fièvre. L'alcool n'aide pas. Son œil observe sans rien voir, comme ceux-là qui gardent les yeux ouverts tout en dormant. Simplement, l'œil respire. Exhalaisons lentes qui gonflent et se dégonflent en un tiède flegme. Il tourne et l'impression d'immobile tourbillonne. Rien d'inerte mais l'écho dense de ses ongles contre son crâne. Ça racle. Ça s'étend. Mains qui glissent le long de son cou, lui saisissent les joues et les enserrent. Ultime défi au silence. Parler est devenu un effort risible, grogner une nécessité qui prolonge la respiration. Rien n'est plus proche de l'horreur qu'une respiration en quête de silence, une respiration qui cherche à n'émettre aucun son, qui ne doit plus être entendue mais émet malgré elle un souffle bruyant – angoisse d'une lutte face à l'apnée. Un poids dans la poitrine qui traîne tout le corps vers le fond. Il coule et peut sentir l'inébranlable tremblement des toiles l'observer avec haine.

L'autre est malade et s'obstine dans son orgueil mal situé. Il suffit de crier pour qu'il recule. Mais sans le vouloir, sous le coup d'un violent cri, il basculerait, tomberait dans un vide, accompagné par les éclats des peintures. Les prendre à témoin qu'il n'y a pas eu bousculade ni poings. Vite trouver un mur contre lequel se protéger de tout vertige. Un bruit de choc rythme ses divagations. Ça n'est jamais le bon moment pour l'accident bête : tomber vers membres laminés et os brisés, cartilages écrabouillés, pensées mises en pièces dès l'impression de chute. Le temps de dire Je tombe, et l'on n'est déjà plus. Bête, vraiment. Et la foule entoure et élance leurs bras en écartelages cannibales. Il faut lyncher. Il n'y a plus de brouillons où se camoufler. Il n'y en a plus.

À nouveaux, toutes les toiles ont été retournées. Les pinceaux sont devenus des outils dont il ne veut plus connaître l'utilité première. Pourquoi pas frapper ses pinceaux contre les canettes de bières ou les bouteilles abandonnées du vin ? Que ça mesure. Sons plus ou moins creux. Que ça batte la mesure. Échos d'un vide ou d'un moitié rien. Mesurer. Il a toujours été mauvais question arithmétique – encore il ment pour rire – n'a jamais vraiment su où l'optimisme, où le pessimiste, ou moi-plein ou moi-vide.
Il s'accroupit devant le corps endormi sous la couverture. Pourquoi ne pas le réveiller et frapper tout autour avec les pinceaux pour faire musique et danse ?! La tentation est grande, et puis il dégage un carnet ouvert sur ce ventre à la respiration profonde. Il s'apprête à le jeter à l'autre bout de la pièce, mais sa tête se penche et lit des fragments qui ne remuent plus rien qu'une scission :
« *Le train entre là où la vitesse tremble. Dans la nuit, plonge. Corps courbes, cherchant la combinaison d'un repos, du sommeil. Mais rien à faire – si ce n'est, dans la nuit, plonge. Mon wagon vibre et ses rails grondent. Impossibles rêves tous trop embarqués loin, là, vers. Victoire du mouvement sur l'instant. Dans la nuit, plonge. Rien de clair – sinon l'électrique lourd et les lampadaires-lignes, qui passent, rapides, trop immobiles. Eux restent.* »
Il rit en lisant ce feuillet. Ça l'amuse de voir combien le réel est toujours parvenu à le narguer, à se moquer de ses tentatives de mots et de gestes.

Désormais, il souhaite profiter de ces derniers instants où convulser : l'au-delà de l'ivresse. Que sa pensée soit aussi ferme que celle qui guide vers chez soi après une nuit à trop boire. Le corps mène au pas, possédé par l'inadmissible envie du silence. Grands moments d'impossible silence, lorsque la brutalité éclaire. Le vieux peintre dégage le carnet et remarque que le dormeur a les doigts crispés sur quelque chose. Son téléphone. Il le lui prend doucement, sans que la main ne l'éveille. Une série de messages est toujours affichée. Elle lui dit que sans nouvelles, elle a pris rendez-vous, elle s'est décidée. Elle préfère y aller sans lui, avec sa sœur, mais elle lui écrira quand ça sera fait. Qu'il ne vienne pas, ne se dérange pas. Qu'il ne la dérange plus.

* * *

Depuis que Sarah est partie, je me demande si je ne me sens pas mieux. Elle m'évitait au réveil et au coucher. Elle ne supportait plus ma peinture – elle la rendait malade. Je voyais qu'il était difficile pour elle de parvenir à me soutenir tout en restant honnête. Au début, elle a dû croire en moi, mon petit talent de peintre. La promesse d'aventures sans réflexes bourgeois. Mais finalement, les problèmes d'argent, les rejets des galeries, mon indifférence, ma léthargie politique aussi... l'absence de reconnaissance des pontes croisés ici ou là avaient eu raison de ses appuis. Elle me disait : « Mais pourquoi tu ne fais pas ça, là, comme Untel. Ça marche bien pour lui en ce moment, tu sais. » Ou : « Tu devrais ajouter des titres, des textes, à côté des tableaux. Tu devrais leur dire que c'est politique, tu vois. Ça pourrait être bien pour toi d'avoir une résidence au Château d'Unetelle, mais pour ça, tu devrais montrer aux politiques que ta peinture, c'est une forme d'engagement social, tu vois. » Elle-même se trahissait pour parvenir à me dégager de mon immobilisme. Mais si je peignais c'était justement parce que j'avais beaucoup à peindre, rien à dire. J'arrive toujours avec une charrette de conneries quand il faut que je parle. C'est pas mon domaine, tu piges ? Qu'on me laisse peindre et qu'on se débrouille avec ça. Alors le jugement tombait sec : égoïste. Alors j'allais boire.

« *Chaque fois, le jour répète une tragédie ancienne puisqu'il assassine sa mère nocturne en donnant vie à l'aube. C'est pourquoi cette Genèse se devra d'être à rebours pour mieux raconter la merveille d'un tel drame. Je parle du jour pour bien me faire comprendre, mais chaque instant possède ce même instinct meurtrier pour pouvoir exister et mourir.* »

Leurs deux corps sont affalés, séparés par un foutoir qu'un rat même aurait peiné à franchir. Une étendue entre les eaux. Le vieux est appuyé sur le dos d'une toile qu'il a commencé à peindre au couteau, jetant de petits coups d'œil rapides vers l'autre. Il salive devant l'étendue de son travail tandis que son jeune hôte sirote une bouteille de rouge. Il boit sans envie, en piochant des antidouleurs, simplement pour se rassurer, se laisser croire que tout ça n'est qu'une prolongation d'ivresse – il se réveillera loin de tout ça après en avoir trop imbibé son foie. Sa tête se contente de hocher, d'attraper le goulot et soupirer de vagues Je comprends aux questions qui lui font face. Leurs voix échangent et mêlent

sans qu'elles ne parviennent à se répondre :
« Qu'est-ce que tu comprends ? Le temps de comprendre, il est toujours trop tard. Je veux un acte qui ne soit pas compris et s'impose comme tel. Quelque chose de compris, c'est déjà quelque chose de mort. Il n'y a qu'en me tuant ou en tuant que je dépasse le compréhensible et la mort. Non. Je ne dépasse rien. C'est plus simple en réalité : j'accepte. C'est l'acte ultime de révolte qui provoque l'inconnu. Ce geste-là, c'est le plus vivant de tous les gestes possibles.
– Mais de quoi tu parles ? parvient à marmonner Abel. Et le geste amoureux des amants ?
– Fragile... et pire que ça : répétitif... Pour déborder un monde, il faut y mettre fin.
– Et le geste des émeutiers ?
– Pareil, mais au moins, ils enlacent plus loin. »
Le vieux peintre s'est dressé en vibrant pour enjamber la pièce, la toile à la main. Sans la lâcher, il a saisi le fauteuil et l'entraîne vigoureusement dans la cuisine pour lui plonger le visage devant ses six petites lignes tracées au-dessus de sa cafetière :
« Là, tu vois ? Voilà mes six derniers jours, ils sont tracés là. Ils ne bougent pas. Maintenant que t'as débarqué dedans, il y a une place pour toi entre ces lignes ! Tu m'as poussé à ouvrir ma grande gueule, à mentir, encore ! J'aurais tellement voulu un peu de silence... Mais non ! Pas pour moi ! Jusqu'au bout j'aurai eu la langue trop épaisse pour me laisser tranquille ! Fallait qu'un petit lâche comme toi débarque là-dedans ! Fallait qu'un jeune idiot vienne me prendre pour du divertissement ! À cause de quoi j'ai pas pu rester silencieux... Parce que devine depuis quand j'me suis mis à parler ? À parler comme ça ? En me démesurant la parole ?

– C'est à cause de la fatigue, je comprends... Tu t'es retrouvé fatigué... C'est tout... Moi aussi...
– Mais non ! Je me sens plutôt bien ! Toi, tu as trop dormi, trop longtemps, tu dérailles. Je me sens juste un peu plus étranger que d'habitude. Étranger d'être là. Là, à m'être appuyé autant sur la parole. Tout ça grâce à toi, petit con ! Évidemment que c'est fatigué, que c'est insignifiant ! Évidemment qu'on se venge tous de son insignifiance ! Celui qui lance la pierre fait toujours bien rire. Son geste même trahit sa bêtise. Évidemment, l'homme est insignifiant. S'en rendre compte jusqu'à la brûlure peut créer un peu de beauté, un peu de grâce, mais aussi nos pires violences. Évidemment, les grandes gloires – celles et ceux que l'on admire bêtement parce qu'il en faut dans nos petites mythologies personnelles, que ça fait du bien aux cimetières, aux bibliothèques, aux musées, aux inaugurations de stations de métros ou d'abris-bus –, ce sont celles qui se sont le mieux brûlées, le mieux vengées de leurs insignifiances ! Celles qui ont dépecé jusqu'à la moelle leur propre insignifiance ! Rien n'est moins nouveau, seulement on le dissimule avec un incroyable plaisir aujourd'hui. Si l'on s'écoutait réellement, et heureusement qu'on ne le fait pas, merci ! tout le monde est une Grande Gloire. J'intégrerais une armée de merveilleux cyniques si j'étais une réincarnation de Diogène ; une armée de merveilleux créateurs si j'avais su participer aux grandes révolutions qui me sont passées sous le nez. Encore maintenant, avec les tensions qui parcourent tout le monde, il suffirait que je m'engage avec les petits jeunes dans ton genre pour tout brûler et tout renverser et finis les institutions, les prestiges et les défilés de fourrures et d'apparats. Finis la culture et le travail ! Finis son clergé et ses

bureaucraties ! Qu'on dépouille ! Plus de luxe ou de divertissement ! Que tout devienne vivant !... Mais dans cet atelier, je suis mort depuis longtemps. Ma mégalomanie m'a tué... Je suis devenu un énième cadavre d'artiste secoué de spasmes verbaux, un zombie rongé de fausses certitudes. Il est temps que ça cesse... »

* * *

Se débarrasser lentement de toute littérature. Se mêler concrètement à l'immobile tremblement de la peinture, sa puissance marine. Et ses yeux se baissent. Il les ferme. On pourrait penser qu'il roupille et puis il les rouvre, mais ils n'ont pas la teinte du réveil. Ils sont conclusifs, déposés en une sorte d'aboutissement. Rapidement, il s'éloigne. Sa densité s'est atténuée de jour en jour, de mot en mot. Le jeune buveur de vin aux lèvres bleues sourit, mais une panique le griffe. Une angoisse abrutie le prend au délire. Un bruit sourd approche, à l'extérieur de l'atelier. Il se passe quelque chose dans les rues de la ville. Des cris s'élèvent, scandés, appuyés de mégaphones et de vitres brisées. Des grenades de désencerclement explosent à répétition. Ils plantent leurs doigts dans leurs oreilles. Le bruit est lourd comme une marche militaire. Une foule gronde là-dehors. Une manifestation sauvage frôle l'atelier. Il suffirait d'ouvrir la fenêtre pour les rejoindre – le peintre et le jeune se regardent avec horreur. Il ne faut surtout pas que cette fenêtre s'ouvre, que le monde se jette dans leurs bras alors qu'ils sont couverts de lézardes. Ils suintent trop de haine d'eux-mêmes pour y parvenir. Ils sont d'accord là-dessus. Leur entente est tacite. La foule passe et frappe aux volets de la fenêtre. La manifestation s'accentue, appelle au réveil des riverains, que toustes se lèvent, quittent leurs salons, leurs emplois et les rejoignent. Dans la rue, en route, toustes ensemble. Sortir des quartiers et reprendre la rue. Prendre la direction des lieux stratégiques. Aller chez les bourges et ne plus se contenter de seulement les faire trembler. Une révolte éclate !

Il y a quelques jours encore, ils se seraient probablement croisés sans se reconnaître entre deux banderoles renforcées. En route vers une nouvelle insurrection. Mais là, plus d'histoire. Trop de toiles les séparent de cette foule. Trop de littérature. Le peintre se glisse dans sa chambre. Il plonge la main dans un tiroir, renverse les draps qu'il contient et en sort un flingue. Le petit calibre qui appartenait à Sarah. C'est une chance que des camarades lui aient demandé de le planquer quelque part, il y a des années... et puis ils avaient dû oublier, ou disparaître eux-mêmes. Abel n'y croit pas réellement, mais adhère. Si certains membres de la foule surgissent dans l'atelier pour les entraîner dehors avec l'enthousiasme des destructions nécessaires, alors le flingue sera un bon élément de dissuasion, garant de leur tranquillité. Le peintre chuchote : « je m'y attendais... ça faisait longtemps qu'on le sentait venir, mais depuis quelques semaines, je m'en doutais... Tout le monde s'en doutait. Je les envie, mais ils tombent mal ! »
Le bruit augmente au-dehors, ils imaginent une ruée de masques, de cris, de nudités qui hurlent de tout leur corps contre tout ce qui les nie depuis trop longtemps. Le plafond est atteint, l'abcès a crevé et s'écoule

dorénavant en un déluge d'enragés merveilleux. Ils vont passer le pont pour aller mettre le feu aux bâtiments depuis longtemps vides mais chargés des symboles les plus injustes. Ils écoutent ça comme des enfants devant l'orage tant attendu, planqués sous d'inutiles draps. Ils ne veulent pas que la foudre les annule avant qu'eux-mêmes l'aient décidé. Un corps gigantesque se forme derrière la fenêtre. Un certain goût des ruines dont l'appel vorace est promesse de renouveau. Toujours ce qui est là, et qui nous laisse sans compromis. Difficile d'aller plus loin... Une liane sort de terre et s'élance vers la canopée. Le mouvement s'est saisi du réel pour briser les impostures dissimulées sous un pouvoir postiche. Le spectacle est rompu. Les agitations ont trouvé un rythme commun. Une arborescence a pénétré les chairs.

Le vieux a déposé l'arme sur la table et s'est remis à peindre. Il m'a jeté un dernier coup d'œil et ne quitte plus sa toile. Alors je m'en suis saisi sans qu'il ne réagisse. On gueule toujours là-dehors. Je perçois les cris tant de fois projetés dans le vide. Les potes ne sont sûrement qu'à quelques mètres. Je pourrais lancer des appels à l'aide. Impossible de retrouver mon portable... Je comprends pas vraiment pourquoi je n'arrive pas à me secouer pour enfiler mon k-way, forcer la porte et rejoindre l'insurrection. J'ai honte de mon état et ça m'immobilise. Le pistolet est étonnamment lourd. Son poids impressionne les muscles de la main et de l'avant-bras. C'est ce poids qui fait réaliser concrètement ce qu'une telle machine implique. Elle ne serait pas inutile là-dehors... En tirant simplement en l'air, elle serait plus efficace qu'une bombe de peinture et plus glaçante qu'un cocktail molotov. Jamais je n'ai vu d'arme à feu du côté des émeutier·es, même chez les plus désespéré·es. Même face à l'insupportable incarné. Ça ne serait pas si compliqué d'en introduire, mais l'arme déborde la colère et le désir de destruction. Elle donne la mort et suscite non plus l'éveil d'un bouleversement mais la peur devant la fin. Je n'ai jamais réussi à aller au bout des choses à cause de ça : en amour, avec son corps et ses attentes... Je me paralyse. Face à mon insupportable reflet et celui du monde qui s'écoute sombrer, je me pétrifie. Un chevreuil pris dans les phares après s'être donné le courage de traverser. Je n'ai plus la force de me défendre. Alors par réflexe, non pas par jeu, je la lève et la pointe sur ma tempe. Appuyer le canon sur sa propre tempe et sentir le froid métallique. Un froid au-delà du degré pesant un poids au-delà du gramme – mécanique comblée soudain par l'imaginaire. Mécanique alourdie par tout ce qui peut se trouver de pensées funèbres au bout de mon bras et de mes nerfs. S'étonner de sa sensibilité musculaire. C'est tout ce qui est là. Autour, il n'y a rien. Je ne sens plus rien. Le grondement se poursuit derrière nos peintures barricadant portes et fenêtres et mes sens l'ignorent. Même après l'avoir tant désirée, je sens de manière profondément égoïste que la révolte échouera comme elles échouent toujours : en ayant peur de réellement se défendre, en se laissant organiser par de nouvelles dominations, celles qui sauront tirer profit. Mais je me trompe probablement parce que je me trompe toujours. Mon pessimisme est désorganisé parce que je suis seul. Dehors, dans l'élan collectif, il s'ébrouerait de bonheur. À moins que ça ne soit qu'un flash de dopamine et que je ne confonde la joie et l'adrénaline... Je suis médusé par ma propre stase. Une envie d'alcool. Un whisky. Quelque chose qui puisse soutenir ces nerfs encore trop sobres, bloqués par des médocs paralysants. Vraiment, rien de grand ne fut accompli dans la sobriété. L'état second du désespoir faisant face au danger suffit.

Ça me gratte. Une idée me vient et je me la gratte jusqu'à ce qu'en sorte un bataillon de larves. Je l'assassine, la dépèce et observe sa lente et naturelle dégradation. Rien n'est plus dynamique et fertile que cette putréfaction de la pensée qui s'observe mourir et naître – ne sait rien faire autrement. Ici l'idée :
L'arme bien en main, la pointer sur sa tête, tirer. C'est rapide et net. Maman, maman, maman, je veux tuer un homme. Lui rendre service puisqu'il a passé toute une vie à l'éviter. Reposer l'arme dans sa main avant qu'elle ne durcisse et puis partir, discrètement. Le suicider. Rentrer chez moi. Voir ma mère qui m'aime. Profiter de l'émeute. Rejoindre les ami*es*. Voir Max qui me méprise. Brûler plus encore. Participer au zbeul et à la destruction de tout ce qui me fait honte. Aimer et me défendre ! Mais si on me chope juste avant ? Dire J'ai entendu le coup de feu alors que j'étais aux chiottes. Je me suis tout de suite levé pour aller voir et je l'ai vu à son bureau. Dire encore On venait d'en parler et il m'avait montré l'arme. Il voulait un dernier témoin. Un truc d'exhibitionniste mégalo pervert autodestructeur. Ajouter que Ça m'a foutu les boules alors j'ai eu soudain une envie de chier. J'ai même pas eu le temps Monsieur le Commissaire. Vous pouvez vérifier. Il n'en manquait pas, de motifs, pour le faire lui-même. Il en a parlé toute sa vie. Il l'a suggéré même. Il a tracé des petites lignes au-dessus de sa cafetière. Il a laissé des notes. Voilà ce que tu diras, aux flics et à ta mère. Il était guidé par une

pulsion de mort qui avait piégé sa femme, son corps, ses désirs, le monde entier et toutes les possibilités de le changer. Heureusement même qu'il est mort, maman, sinon on n'aurait pas pu sortir et réaliser une révolution aussi belle et nécessaire.
Il suffit que je me redresse. Que je vise son ombre et appuie sur la détente. C'est seulement après que je pourrai rejoindre la foule et sa révolte.

* * *

Une balle s'élance et frappe le mur qui vibre lourdement, juste derrière le peintre. Longue vibration, presque visible, qui rentre dans les os. L'ombre l'a aussitôt emporté. Étourdi par le geste, la détonation, le recul, et la réplique du vieux, il imagine soudain être au sommet d'un clocher. Quasimodo vole et tourbillonne à ses côtés, sourd et abruti par ces élans qui lui ont crevé les tympans. Il rit dans la résonance. Il ne perçoit plus qu'une dynamique de résonance. C'est entêtant et le bouscule jusqu'au souffle. Ses oreilles sont prises dans une tempête qui siffle, immobile. Ça siffle tellement... et il se rétracte. Son état est fiévreux. C'est ça. C'est simplement une fièvre. Il entend une sonnerie au loin. Il est juste un peu malade. Il a fait si froid hier. On a chassé l'été. Le bruissement est une sonnerie au loin. Percussions lancinantes de ce ciel qui impose son attraction. Ses yeux sont clos et en écoute. Une couche gluante les tient fermés.

Le temps est mauvais. Le ciel est beaucoup trop présent aujourd'hui. Beaucoup trop pesant. Cette grisaille lui secoue les épaules. Il pleut contre les vitres ? Pas sûr... Ça tombe. C'est l'averse. Le rythme des gouttes contre les toits. Contre le zinc. Les gouttes semblent être d'ardoise. Elles frappent et écrasent. Ça ne l'étonnerait pas qu'il neige. Tout est trop sèchement humide.

Il n'a pas su viser juste, le recul l'a déstabilisé, la balle s'est logée dans le mur. Le vieux peintre s'est élancé d'un bond sur lui, le couteau qu'il utilisait pour terminer son portrait s'est planté sans difficulté dans la chair. Le jeune homme tombe. Une flaque de sang s'étale rapidement sur le parquet.

Le peintre ne bougeait pas, tout à sa toile, et comme une lumière qui s'allume pour exploser aussitôt, il s'était jeté sur Abel, le couteau couvert d'huile dans sa poigne. Le couteau était devenu sa poigne. Il n'avait plus de main, plus de doigts ni de bras. Il n'était plus que ce couteau qui s'élançait et plongeait vers ce corps. Percer l'autre corps. Celui-là devant, qui soudain, l'attirait tant. Une attraction ne saurait jamais être aussi violente. La lame ne s'apprêtait pas à frapper mais à choir. Cela faisait trop longtemps déjà qu'elle tombait. Des années. Trop de lumière. Cette blancheur écœurait. Mettre fin à cette blancheur. Il n'existait plus, ça n'était que le couteau – s'abattant, s'affaissant avec fracas. Le dernier fracas qui écroulait. Vite avant que la lumière n'aveuglât entièrement. Le geste balancé à la figure. Le geste jeté sur le haut de la figure. Car toute la lame s'enfonça dans l'œil. Il poussa dans l'œil jusqu'à la garde, c'était mou et flasque. L'autre n'avait pas bougé. Seule la main qui tenait le flingue le laissa tomber au sol. Son visage n'avait pas bougé. La pointe s'était élancée au globe oculaire, suivie des douze centimètres. Il la voyait venir depuis trop longtemps. La pointe avait percé la cornée, avait traversé le corps vitré jusqu'au nerf optique. La lame avait alors tourné sur elle-même pour bien perforer tout ce qu'il y avait derrière, ces mots qui se tiennent à l'arrière des yeux. Son bras n'obéissait plus qu'à des instincts devenus insensés, épuisés d'avoir été autant éclairés. Il fallait créer le sombre et la nuit. Il fallait créer, enfin, creuser et cribler cette tête. Que ça coule définitivement. Quelque chose était tranché. La lame ne répondait plus. Le bras s'arrêta, sans force. Le bras tomba.

Le portrait est terminé. Il n'avait plus de pinceau ni de lame – c'est avec les mains qu'il a dû l'achever. Désormais, il ne sait pas ce que la toile va faire de lui. Et c'est une gymnastique toute particulière : il pratique l'incertitude. Il la malaxe, l'observe pour mieux l'oublier et la porter au bout d'elle-même, c'est-à-dire vers un autre. Car le seul élément dont il est sûr reste l'étrangeté de tout ce qui l'entoure.

Longtemps il a recherché l'expérience qui échappe à la peinture, comme certains poètes recherchent l'expérience qui échappe à la parole. S'en défaire une fois pour toute... ou bien entretenir ce mouvement. Créer une spirale qui ne s'éloigne qu'artificiellement, jouant le jeu bien connu de tout amoureux qui ne fuit que pour mieux suivre. Dehors, la danse s'essouffle. Les cris s'éteignent. Ou plutôt, ils ne font que s'éloigner. Ils ont dû quitter le quartier pour rejoindre une foule plus dense encore au cœur de la ville. Il dépose les mains comme il l'aurait fait de son pinceau et l'assassin de son couteau, délicatement. Bientôt la fin. Cesser d'être un monstre.

Puis il se dit, triomphalement : « Enfin me voilà silencieux. »

Le Septième Jour

« Il avait dit : Que la lumière soit ! Et la lumière fut. Il avait appelé la lumière jour et il avait appelé les ténèbres nuit. Mais avant cela, il n'y avait que des ténèbres à la surface de l'abîme. La terre était informe et vide. »

Il tombe une obscurité insane sur le cadavre d'Abel. On ne saurait dire depuis combien de temps. Le peintre l'enjambe comme on évite un trou dans la chaussée. Il se rend dans sa cuisine, devant sa cafetière. Une fois préparée et mise en route, il trace une septième petite ligne à côté des six autres. Appuyé contre l'évier, les bras croisés, il attend simplement que le café passe.

Un pied : la base puante de tout homme. Stabilisation et endurance. L'homme n'est qu'un talon d'Achille. Il ne sait pas mettre un pied devant l'autre. Certains trébuchent, certains tombent, rampent – d'autres apprennent à danser dans cette ivresse maladroite. Pas pris le temps d'apprendre à danser. J'attends autre chose. J'ai passé une grande partie de mon temps dans l'attente.

Il voudrait rire. Il regarde le dernier tableau. Tout est trop blanc autour. Il n'y a rien de plus agressif qu'un trop de lumière. Il n'y a plus que ça. L'ombre est là. Elle se tient là, sans s'avancer. Se mettre à genoux ?

Continuer à peindre ? La fin arrive. C'est là et ça va se jeter sur lui et le prendre. Ça va le tirer de là. Sa dernière provocation semble avoir réussi. Il voudrait rire encore, même s'il n'a plus de quoi. Il sait maintenant qu'il ne se tuera jamais. Il a trop ri. Il a cru ricaner pendant longtemps. Mais il avait simplement le souffle court. Il riait et on pensait qu'il ricanait. Il ne pouvait pas vraiment rire.

* * *

Hier, tout était flou. L'œil s'agitait dans son orbite. Le peintre l'avait vu venir. Il avait vu Abel prendre puis dresser le flingue, le pointer vers lui – mais son corps était resté coi, il espérait qu'Abel vise juste et que la balle le frappe dans son globe oculaire. Son corps demeurait immobile, se vengeant enfin de son propre regard qui abritait trop de pensées et de mouvements. Toutes les énergies autour d'un si petit organe... Ça avait agacé les autres, plus bas, dans le reste de l'organisme, liés par les tissus musculaires, les vaisseaux sanguins et les nerfs. Ils avaient accumulé les jalousies et patiemment pris possession de ces privilèges qu'on ne leur donnait pas. Ils avaient convenu du moment entre eux. Les tripes et les reins s'étaient alliés depuis longtemps avec les chairs, et bien vite, les soubresauts de la main n'étaient qu'une réponse aux appels d'en-dedans. Mettre fin au despote de l'œil était devenu le mot d'ordre. Ils en avaient tous eu marre du voyant, de cette fausse noblesse de la vision. Un corps entier réduit à l'œil, au service de l'œil. Beaucoup se sont perdus dans ses fausses révélations – aller au-delà de ce qui est devant, se dépasser. Ses organes voulaient le lui permettre enfin. Ils allaient l'envoyer au-delà. Chaque doigt s'y préparait. Laisser Abel appuyer sur la détente, maintenir une inertie pour faciliter la place de son œil en tant que cible. Faire de son corps une terre informe et vide. Mais ça a échoué. La balle est allée dans le mur.

La balle est passée à côté et il lui a sauté dessus.

Par la suite, il a nettoyé la lame rouillée du couteau, l'a pliée et l'a délicatement rangée dans le sac à dos noir, vidé des carnets, entre une bombe de peinture et un k-way. Il s'est rassis devant le portrait et la nuit est passée. Il n'a pas bougé jusqu'au moment de la ligne à tracer au-dessus du café.

Il observe ce septième jour qui ne finira donc jamais. Il voudrait se taire, mais la parole s'avance, ébranle son corps inerte. Sa voix résonne, tremble dans l'immobile et poursuit un monologue qui peint le drame. Toute sa vie, il s'est éventré. Elle en a été témoin. Toute ma vie, je me suis éventré. Je n'ai fait que répéter un hara-kiri qui éclaboussait tout autour de moi. J'en ai souillé l'espace de mes lourdes tripes. Elles tombaient, épaisses, maladroites sur mes jambes jusqu'au sol. Aucune noblesse de sabre contre mon ventre. Ouvrir et tout faire sortir, c'est si flasque et dense. Je n'avais que ces intestins informes, monstrueux, qui restaient toujours là, entre le monde et mon corps. Je me retrouvais toujours trop épuisé pour les déchirer complètement. Je m'écroulais dessus. Ces intestins me titubaient. Et puis les migraines, le minotaure derrière les yeux.

Heureusement que j'ai frappé là. Lui traverser la rétine, lui encorner la cornée et enfin pouvoir plonger dans le ventre. C'est là, encore une fois, c'est de là que j'ai toujours trop travaillé jusqu'à l'épuisement. Le couteau est allé bien loin dans son jeune crâne et pourtant, mon corps s'étouffe toujours de mots. Ils sont toujours là, trop nombreux. Il faudrait faire de mon corps une terre informe et vide. Mais cohue sous ma langue, contre mon palais.

Ma langue frissonne, va-et-vient, se frotte contre mes molaires qui l'écrasent.

Ma langue tourne, se contorsionne, s'étale.

Que du sang survienne comme au déluge pour noyer tout ce qui reste. Qu'il s'étale dans les mots. Certains sont devenus mordants et saisissent l'intérieur de mes joues qui se contractent et grimacent. Toujours les lèvres bornées. J'en ai mangé la peau. Les peaux à l'intérieur des joues, les percer. J'ai rongé et avalé. Maintenant : crevasses. Le sang à l'intérieur de ma bouche. J'en découvre toujours le goût avec surprise. Les mots mastiquent mes dernières forces. Le corps ne m'habite plus que par l'impossible déglutition. Une respiration close... un long et impossible râle. J'essaie de l'expirer et j'étouffe. Relents de phrases ou de pensées qui me bloquent la mâchoire. Tout le corps est aveugle et seule ma langue cherche encore la fuite devant la fin. Sa pointe racle autour de mes canines. Tout est condamné à rester muré là-dedans. La cavité est engorgée. Rien n'oblige plus mes gencives à continuer à soutenir mes dents. Elles peuvent m'échapper dorénavant, je ne pense plus en avoir besoin. Les muscles de ma langue se détachent et deviennent une salive, une fanfare frelatée de sons humides. Mes poumons

s'emplissent. Plus d'air, plus de couleurs, encore les mots. La salive inonde et ne coule plus. Un gargouillis. Plus de brèche. Ma gueule est bouclée, bouchée. Encore, je bave. Une salive chargée de sang qui bientôt séchera contre ma joue. Plus de temps pour autre chose que s'assécher. Tout le corps est enfin un silence. Ma mâchoire craque chaque fois que je crois tousser un nouveau mot. Trop de fougue en bord de langue. Elle finit par pendre
longue et stupide
et doucement
je la rentre
et l'aspire
et la mâche
la mastique
l'avale enfin
sans jamais parvenir à la digérer.
Alors
toujours
je bave.

REMERCIEMENTS SPÉCIAUX

Merci à toute l'Amicale du Sabot, particulièrement Agathe et Phoebe.
Merci à toutes celles et ceux passé*e*s par là : Abel, Amélie, Antonin, Alice, Aloïs, Alonso, Bibi, Clara, Clément G, Corentin G, Esther, Franz, Hugo H-P, les Jobards, Marcel, Max, Momo, Natol, Noémie, Olga, Samah, Sarah, Victor

REMERCIEMENTS ÉDITORIAUX

Aux correctrices, graphistes, opérateurs PAO, imprimeurs, conducteurs, massicotiers, façonneurs, toutes les personnes qui composent un atelier de fabrication, l'équipe de diffusion qui sillonne les territoires, l'équipe de distribution qui gère les cartons et les colis, les libraires, les lecteurs et lectrices qui font un livre. Celui-là et les autres.

CONCEPTION GRAPHIQUE :
OLGA BOUDIN
FRANZ DUREIGNE

TYPOGRAPHIES :
GARAMOND NO 5 EF LIGHT
AVARA

PAPIERS :
CONSTELLATION SNOW LIME 240 g/m^2
MUNKEN 80 g/m^2

ACHEVÉ D'IMPRIMER EN JUILLET 2023
SUR LES PRESSES DE
PRÉSENCE GRAPHIQUE À MONTS

TIRAGE : 1500 EXEMPLAIRES

ÉDITIONS LE SABOT
CONTACT.LESABOT@GMAIL.COM
LE-SABOT.FR

Né en 2017, Le Sabot est une amicale construite autour d'une revue éponyme dédiée au sabotage littéraire et artistique : intervenir sur le monde et le dire sans passivité.

PARU AUX ÉDITIONS LE SABOT

2021

Le Sabot 1-5
Amicale Le Sabot (ouvrage collectif)

Tabor
Phoebe Hadjimarkos Clarke

L'Endormi
Paul Gourdon

Aller au fond, l'été
esther

*

2022

Le Sabot 6-10
Amicale Le Sabot (ouvrage collectif)

Plein Soleil
Natol Bisq

Degoutente Parlagounou Sanoumudieu
(en collaboration avec Disparate),
Anouk Buron, Noémie Pierre, Ravachel

Vomir
Simon Arbez

Grammaire pour cesser d'exister
Amélie Durand

*

2023

Foutaise
Bibi-la-Vertu

Disparition du chat
Camille Polet

Des tueries et un film
Fanny Garin